FISCHER  SAUERLÄNDER

*Meg Rosoff* wuchs in Boston, USA, auf und zog 1989 nach London, England. Ihr erster Roman *So lebe ich jetzt* verkaufte sich über eine Million Mal in sechsunddreißig Ländern und wurde erfolgreich verfilmt. Sie hat acht weitere Romane geschrieben, die mit zahlreichen Preisen ausgezeichnet wurden oder dafür nominiert waren, sowie mehrere Kinder- und Bilderbücher. 2016 gewann Meg Rosoff den Astrid-Lindgren-Gedächtnispreis – die weltweit höchste Auszeichnung für Kinder- und Jugendliteratur. Meg Rosoff lebt mit ihrer Familie und ihren Hunden in London.

*Brigitte Jakobeit*, Jahrgang 1955, lebt in Hamburg und übersetzt seit 1990 englischsprachige Literatur, darunter die Autobiographien von Miles Davis und Milos Forman sowie Bücher von John Boyne, Paula Fox, Alistair MacLeod, Audrey Niffenegger, J. R. Moehringer und Jonathan Safran Foer.

Weitere Informationen zum Kinder- und Jugendbuchprogramm von Fischer Sauerländer auf
*www.fischer-sauerlaender.de*

Meg Rosoff

# SOMMER NACHTS ERWACHEN

*Roman*

Mit einem Essay der Autorin

Aus dem Englischen
von Brigitte Jakobeit

FISCHER SAUERLÄNDER

Erweiterte Taschenbuchausgabe
Erschienen bei Fischer Sauerländer Taschenbuch
Frankfurt am Main 2025

Das Zitat auf Seite 7 stammt aus dem Gedicht *Der kleine schwarze Knabe*
und wurde mit freundlicher Genehmigung des Verlages entnommen
aus William Blake, *Zwischen Feuer und Feuer*, übersetzt von Thomas Eichhorn;
© Deutscher Taschenbuch Verlag, München, 2007

Das Zitat auf Seite 56 stammt aus Andrew Marvell, *An seine spröde Geliebte*,
entnommen aus *Englische und amerikanische Dichtung 1*, hrsg. von Friedhelm Kemp
und Werner von Koppenfels, übersetzt von Werner von Koppenfels,
Verlag C. H. Beck, München 2000

Das Zitat auf Seite 252 stammt aus dem Gedicht *Invictus*
von William Ernest Henley, die deutsche Übersetzung wurde entnommen
aus der Synchronfassung des gleichnamigen Films
von Warner Bros. Entertainment GmbH

Umschlaggestaltung: Dahlhaus & Blommel Media Design, Vreden,
nach einem Entwurf von Sarah Baldwin
Umschlagabbildung: Getty Images und Shutterstock
Satz: Pinkuin Satz und Datentechnik, Berlin
Druck und Bindung: CPI books GmbH, Leck
ISBN 978-3-7335-0934-7

Kontaktadresse nach EU-Produktsicherheitsverordnung:
*produktsicherheit@fischer-sauerlaender.de*

*Für Catherine und Michael*

*Und wir sind gesandt eine kleine Zeit auf Erden,*
*Dass wir ertragen seiner Liebe heißen Schein.*

William Blake

# 1

Alle reden von der großen Liebe, als wäre es die wunderbarste, lebensveränderndste Sache der Welt. Irgendetwas passiert, heißt es, und du spürst es sofort. Du schaust in die Augen des geliebten Menschen und siehst nicht nur jemanden, von dem du immer geträumt hast, er möge dir begegnen, sondern du erkennst das Du, an das du insgeheim immer geglaubt hast, das Du, das Verlangen und Lust weckt, das Du, das bisher niemandem aufgefallen ist.

Genau so war es, als ich Kit Godden traf.

Ich schaute ihm in die Augen, und ich spürte es sofort.

Das Dumme war nur, dass alle anderen es auch spürten. Allen anderen ging es wie mir.

# 2

Jedes Jahr, wenn die Ferien anfangen, stopfen wir das Auto mit unentbehrlichem Krempel voll, um ans Meer zu fahren. Wenn dann alle sechs das Wesentliche verstaut haben, sagt Dad, dass er nicht durch die Fenster sehen kann, außerdem hat keiner von uns richtig Platz, und dann wird die Hälfte wieder ausgepackt, was aber irgendwie auch nicht wirklich hilft; am Ende sitze ich immer auf einem Tennisschläger oder einer Tasche mit Schuhen. Und wenn wir endlich losfahren, sind alle schlecht gelaunt.

Die Fahrt ist ein Albtraum, es wird geschubst und gestritten, bis Mum schreit, wenn nicht alle gleich die Klappe halten, kriegt sie einen Nervenzusammenbruch; es ist auch das einzige Mal im Jahr, dass Dad am Straßenrand anhält und sagt, er bleibt so lange sitzen, bis alle verdammt nochmal still sind.

Wir fahren ans Meer, seit wir geboren wurden, und weil es der Theorie zufolge schon vor uns ein

Leben gab, fuhr auch Dad schon seit seiner Kindheit ans Meer und Mum, seit sie Dad kennenlernte und uns vier zur Welt brachte.

Die Fahrt dauert ewig, aber irgendwann fahren wir von der Autobahn ab, und von dem Moment an verändert sich die Stimmung. Die vertraute Strecke bewirkt etwas in unserem Hirn, und wir fangen an, still vor uns hin zu winseln wie Hunde, die sich einem Park nähern. Ab dem Kreisverkehr fahren wir dann noch eine halbe Stunde zum Haus, und unterwegs kennen wir jeden Zentimeter der Landschaft. Es gibt Bonuspunkte, wenn jemand aus dem Autofenster ein Reh oder Pferde sieht oder eine Eule, die auf einem Zaunpfosten sitzt, oder Harry den Hasen, der die Straße entlanghoppelt. Harry erscheint am Tag unserer Ankunft oft mitten auf der Straße und dann wieder am Tag unserer Abreise; ein unanfechtbarer Beweis, dass unsere Welt eine hochentwickelte Computersimulation ist.

Wenn wir ankommen, sind wir alle aufgeregt. Wir biegen in die begrünte Einfahrt ein, klettern aus dem Auto und bahnen uns lärmend den Weg ins Haus, in dem es nach alten Polstermöbeln, Salz und abgestandener muffiger Luft riecht, bis wir die Fenster öffnen und der Seewind hereinweht.

Die erste Unterhaltung läuft immer gleich ab:

MUM : Das Haus hat mir so gefehlt.

KINDER: Uns auch!

DAD: Wenn es bloß nicht so weit weg wäre.

KINDER: Und eine Heizung hätte.

MUM: Tja nun, ist es aber. Und es hat halt keine.
Also hört auf zu träumen.

Niemand macht sich die Mühe, sie darauf hinzu-
weisen, dass sie das Thema jedes Mal anschneidet.

Mum hat schon das Kehrblech geholt und fegt
tote Fliegen von den Fensterbrettern, während Dad
die Lebensmittel verstaut und Tee kocht. Ich renne
nach oben, öffne die Schublade unter meinem Bett
und zieh mir das ausgeblichene Sweatshirt vom
letzten Sommer über. Es riecht nach altem Haus
und Meer, und ich rieche jetzt genauso.

Alex sieht sich Bat-Box-Kameras auf seinem
Laptop an, und Tamsin packt mit übermenschlicher
Geschwindigkeit ihre Sachen aus, weil Mum sagt,
sie darf erst zu ihrem Pferd, wenn alles eingeräumt
ist. Das Pferd gehört ihr nicht, aber sie mietet es den
Sommer über, und wenn es ein Feuer gäbe, würde
sie es, ohne zu zögern, retten, und zwar Stunden,
bevor sie einen von uns retten würde.

Mattie, bis vor einem Jahr noch ohne Busen und kein besonderer Blickfang, hat sich in letzter Zeit in eine sechzehn Jahre alte Sexgöttin verwandelt; inzwischen trägt sie ein leichtes Sommerkleid und Gummistiefel, in denen sie am Strand entlangschwebt, weil sie ihr Leben für einen einzigen langen Instagram-Post hält. Im Augenblick stellt sie sich vor, dass sie romantisch und umwerfend aussieht, was leider auch stimmt.

Plötzlich herrscht aufgeregter, lauter Trubel, als Malcolm und Hope unten ankommen, um uns am Strand zu begrüßen. Gomez, Mals sehr großer und sehr schwermütiger Basset, bellt wie verrückt. Wahrscheinlich fallen Tamsin und Alex knuddelnd und küssend über ihn her, man kann ihm seine Reaktion also nicht wirklich verübeln.

Mal hat zwei Flaschen kalten Weißwein mitgebracht, und während alle sich umarmen und küssen, murmelt Dad: »Es ist Zeit«, lässt den Tee stehen und geht einen Korkenzieher suchen. Tam stürzt sich auf Mal, der sie in die Arme nimmt und wie ein kleines Mädchen im Kreis dreht.

Hope möchte, dass wir uns in der Reihenfolge unseres Alters aufstellen: Ich, Mattie, Tamsin und Alex. Sie tritt einen Schritt zurück, um uns zu bewundern, sagt, wie groß wir doch alle geworden sind und wie hinreißend wir aussehen, auch wenn sie damit vor allem Mattie meint. Ich bin es gewöhnt, dass man mich aus Höflichkeit in die Geschichte der phantastischen Mattie mit einschließt. Tam schnaubt und tanzt aus der Reihe, gefolgt von Alex. Natürlich sehen wir Mal und Hope auch in London, aber immer nur zwischen Schule und Arbeit, und da wir außerdem in völlig verschiedenen Stadtteilen leben, kommt es seltener vor, als man vielleicht denkt.

»Wenn ihr fertig seid, können wir zu Abend essen«, ruft Hope Tam und Alex hinterher.

Dad wischt die Weingläser mit einem Geschirrtuch aus, schenkt ein und verteilt das erste Glas des Sommers an die über Achtzehnjährigen, mit kleineren Rationen für Mattie, Tamsin und mich. Alex taucht wieder auf und schlägt wie eine Rattenschlange zu, als Hope ihr Glas abstellt, um Mum mit einem Koffer zu helfen. Er kippt es in zwei Schlucken hinunter und verdrückt sich dann ins Unterholz. Hope betrachtet stirnrunzelnd das leere Glas, aber Dad schenkt ihr einfach wieder nach.

Die Akteure sind versammelt, der Sommer beginnt.

# 3

Unser Haus ist gleichermaßen malerisch und nervig. Erstens ist es kleiner, als es aussieht, was komisch ist, denn bei den meisten Häusern ist es umgekehrt. Mein Ururgroßvater hat es 1913 als Hochzeitsgeschenk für seine Frau erbaut, im, wie Mum sagt, Post-viktorianischen-verrückte-Frau-im-Dachboden-Stil. Bis 1930 blieb es im Familienbesitz, dann musste mein Vorfahr es verkaufen, um seine Spielschulden abzuzahlen. Zwanzig Jahre später kaufte sein Sohn (mein Urgroßvater) es zurück, erneuerte den ursprünglich lavendelblauen Anstrich, und danach erwähnte niemand mehr die Zeit, als es nicht der Familie gehörte. Er baute außerdem ein Strandhaus für den zahlreichen Familienbesuch, das Hope im Sommer bewohnt. Und seit Mal auf der Bildfläche erschien, ist es für uns ihr gemeinsames Haus, auch wenn es genau genommen nicht so ist.

Unser Haus wurde als Sommerresidenz gebaut, eine Verrücktheit, in der man nicht ganzjährig leben kann, weshalb wir es auch nicht tun. Es ist zugig, hat keine Wärmedämmung, und die Rohrleitungen frieren zu, wenn man im November nicht das Wasser ablässt und Frostschutzmittel in die Toilette kippt, aber wir lieben jeden Turm, jeden Erker, jedes seltsam geformte Fenster und sogar die kurze Treppe, die in einem Schrank endet. Mein Ururgroßvater muss einen urigen Sinn für Humor gehabt haben, denn alles im Haus ist irgendwie eigentümlich. Aber man kann aus fast jedem Fenster das Meer sehen.

Mein Schlafzimmer ist der Wachturm. Die meisten Leute würden es nicht haben wollen, weil es lachhaft klein ist, ein Zimmer, in dem man sich kaum umdrehen kann. Wenn jemand groß genug ist und die Arme und Beine ausstreckt, kann er alle vier Wände gleichzeitig berühren. Ausgestattet ist der Turm mit einem eingebauten Kapitänsbett und einer Leiter, die zu einem winzigen Witwengang führt, so genannt, weil Frauen einen kleinen Auslauf brauchten, wenn sie durch das Teleskop spähten und darauf warteten, dass ihre Männer heimkehrten. Oder auch nicht. Daher Witwengang.

Zum Glück ist das Messingteleskop, das meinem

Urgroßvater gehörte, in meinen Besitz übergegangen. Er war in der Navy und verbrachte in seinen späteren Jahren viel Zeit in dem viereckigen Turm mit dem nach draußen gerichteten Teleskop – genau wie ich. Keine Ahnung, was er sah – wahrscheinlich das Gleiche wie ich: Schiffe, den Jupiter, Eulen, Hasen, Füchse und gelegentlich einen Nacktschwimmer. Es ist eine Art ungeschriebenes Gesetz, dass das Teleskop zum Zimmer gehört. Niemand stimmt darüber ab, es geht einfach an die richtige Person über. Theoretisch hätten das Teleskop und das Zimmer auch Mattie, Tamsin oder Alex bekommen können, aber die Wahl fiel auf mich.

In meiner Familie gibt es ziemlich viele Traditionen wie die Weitergabe des Hauses und die Weitergabe des Teleskops. Andererseits mangelt es uns klar an Traditionen, wie man sie in herrschaftlichen Familien findet – dass zum Beispiel der älteste Sohn immer Alfred genannt wird oder schwachsinnig ist, und auch das Spielergen taucht nicht mehr bei uns auf, was eine ziemliche Erleichterung ist. Aber – abgesehen von der kurzen Unterbrechung – wenn es darum geht, den Familienbesitz von einer Generation an die nächste weiterzugeben, stehen wir mit der Queen praktisch auf einer Stufe.

Auf der anderen Seite des Hauses befindet sich ein Erker. Bevor wir vier geboren wurden, benutzten Mum und Dad ihn als Schlafzimmer, was eigentlich romantisch, aber unpraktisch war, da er bei starkem Wind vom Haus weggerissen zu werden droht. Vor ungefähr fünf Jahren zogen sie ein Stockwerk tiefer in ein zimmerähnliches Zimmer über der Küche. Mum ist Kostümbildnerin bei der National Opera, und so wurde der Erker ihr Sommeratelier. Alex' Zimmer liegt auf dem Flur gegenüber und wird von allen *der Halsabschneider* genannt. Früher dachte ich, der Grund dafür wäre ein finsterer historischer Mord, aber Dad sagt, es heißt so, weil es so klein ist, dass man sich am liebsten den Hals abschneiden würde. Das Gute an dem Zimmer ist, dass es ein sechseckiges Fenster hat und gemütlich wie eine Schiffskoje ist.

Mattie und Tamsin hatten sich ewig ein Zimmer geteilt, aber als Mattie zwölf wurde, mussten sie getrennt werden, um Blutvergießen zu verhindern. Sogar Mum und Dad leuchtete ein, dass niemand mit Mattie leben konnte, und so wurde sie am Ende alleinige Bewohnerin des kleinen Gästehauses im Garten – eine Tatsache, die ihr das Gefühl gibt, so besonders zu sein, wie sie sich fühlt. Jetzt hat Tamsin das Zimmer für sich allein, und das kommt allen gelegen, weil es stark nach Pferd riecht.

Zwischen den Schlafzimmern liegt ein langer Treppenabsatz mit einem eingebauten Fenstersitz, auf dem man sich ausstrecken, Karten spielen oder aus dem großen Fenster aufs Meer blicken kann. Der Baumwollbezug auf dem Fensterplatz ist so verblichen, dass seine ursprüngliche Farbe schwer zu erraten ist. Als wir klein waren, nannten wir diese Ecke *das Spielzimmer*, obwohl es eigentlich nur ein langer Flur ist.

Außen ist das Haus mit verschnörkelten Giebeln und Winkeln verziert, so dass sogar die Fischer anhalten, um es mit ihren Handys zu fotografieren. Es nützt auch nichts, dass es lavendelblau ist. Als ich Dad fragte, warum wir es nicht in einer etwas weniger auffälligen Farbe gestrichen hatten, zuckte er die Schultern und meinte: »Es war schon immer lavendelblau«, die Sorte von Antwort, wie sie typisch für meine Familie ist. Hirnlose Überspanntheit.

Hope ist Dads viel jüngere Cousine; Dad war zweiundzwanzig, als Hope zur Welt kam. Seit Mal und Hope ein Paar sind, verbringen sie jeden Sommer gemeinsam in dem kleinen Haus. Es ist nur hundert Meter am Strand entlang von unserem entfernt, aus Holz und Glas gebaut, sehr modern für die damalige Zeit, mit großen Holzterrassen, wo alle sitzen, essen und das Meer betrachten können.

Malcolm und Hope lernten sich auf der Schauspielschule kennen. Niemand gab der Beziehung eine große Chance, weil Hope viel zu vernünftig wirkte, um sich auf einen Schauspieler einzulassen. Inzwischen sind sie zwölf Jahre zusammen, und wir nennen sie nur Malanhope, als wären sie eine Einheit. *Wo sind Malanhope? Kommen Malanhope heute zum Essen?*

»Ich hoffe, Mal verliert die Hope nicht«, sagt Dad mindestens einmal pro Woche, obwohl der Witz eigentlich ziemlich dämlich ist, wenn man bedenkt, wie sehr Hope an Malcolm hängt. Genau wie wir – er sieht irrsinnig gut aus und ist ein unermüdlicher Fan von Brettspielen.

Mal und Hope sind beide Anfang dreißig und viel interessanter als unsere Eltern. Sie sind Weltmeister in allen sommerlichen Vergnügungen – Trunkenheit, taktlosen Bemerkungen, nächtelangen Pokerspielen. Sie fingen beide als Schauspieler an, aber irgendwann kam Hope zu dem Schluss, dass sie Vorsprechen schrecklich fand und keine Lust hatte, ein Leben lang arm zu sein, deshalb unterrichtet sie jetzt Theaterwissenschaft an einer Universität in Essex. Manchmal arbeitet sie als Synchronsprecherin, weil sie – im Gegensatz zu Mal – eine hervorragende Imitatorin ist. Alles, was aus seinem Mund kommt, klingt irgendwie Irisch, und seine Versuche, mit einem amerikanischen Akzent zu sprechen, sind erbärmlich. Keiner von uns hat es je laut ausgesprochen, aber eigentlich sollte Hope ihren Lebensunterhalt als Schauspielerin verdienen und Mal Theaterwissenschaft unterrichten.

Einmal sah ich Hope in der Rolle der Nora in *Ein Puppenheim* auf der Bühne. Ich war erst dreizehn, aber man hätte schon blind sein müssen, um nicht zu erkennen, wie gut sie war. Ich hatte noch nie jemanden gesehen, der mit so wenig so viel ausdrückt, und ich werde es nie vergessen. Wenn Malcolm auf der Bühne steht, geht er mit Leib und Seele in seiner Rolle auf und würde sogar, wenn es sein müsste, mit Begeisterung ein Gummihuhn mimen.

Wir verehren Mal. Er bringt uns Sachen bei wie Schwertkämpfen oder wie man überzeugend auf der Bühne lacht. Mattie flirtet mit ihm, aber da sie mit allen Formen menschlichen Lebens flirtet, ist das kaum erwähnenswert. Mattie ist nicht dumm, aber manchmal halte ich sie für die oberflächlichste

Person, die ich kenne. Sie behauptet, dass sie mal Ärztin werden will, aber ich habe den Eindruck, dass sich ihr Verstand hauptsächlich mit Sex und Schuhen beschäftigt.

Mattie kommt gerade aus dem Wasser. Offenbar war niemand in der Nähe, um sie zu bewundern, nur die Fische. Sie ruft mehr oder weniger an sich selbst gerichtet, dass sie am Strand entlang zu Hope geht, um ihr beim Abendessen zu helfen.

Ich höre, wie Tamsin mit Dad darüber streitet, dass er sie zum Reitstall fahren soll. Es gibt eine Art Abkommen, dass sie Duke den Sommer über reiten darf, aber nicht jedes Mal gefahren wird, wenn sie Lust hat, ihn zu sehen. Sie hat zwar recht, dass die Fahrt mit dem Auto nur fünf und mit dem Fahrrad zwanzig Minuten dauert, aber wenn man die fünf Minuten addiert, die im Laufe des Sommers zusammenkommen, ist es nur vernünftig, dass Dad den Anfängen wehrt.

Mum beendet die Diskussion, und für ein paar wundervolle Augenblicke herrscht Ruhe.

# 4

»Ich habe zwei Überraschungen«, sagte Hope am Morgen nach unserer Ankunft, wollte uns aber beide nicht gleich verraten, sosehr wir sie auch darum baten. »Ich erzähle es euch heute Abend.«

Ich mag keine Überraschungen. Nur die Fakten, Ma'am, ohne Champagner und geheimnisvolles Lächeln.

Es war fast sechs, als ich mich von dem Buch losriss, das ich gerade las, und aus dem Fenster schaute. Tam schlenderte in Reithose am Strand entlang nach Hause, in den Händen eine große Platte mit etwas, das nach Algen aussah und wahrscheinlich irgendwie mit dem Abendessen zusammenhing.

Mit meinem Teleskop kann ich einen beträchtlichen Teil des Strands sehen und alles zwischen dem Haus und dem Meer. Ich spähe nicht in fremde Schlafzimmer, aber was sich draußen abspielt, ist Freiwild. Ich kann den Horizont gut genug sehen, um die Namen auf Frachtschiffen zu lesen. Ich kann Leute im Meer gut genug erkennen, um ihre Unterhaltung von den Lippen abzulesen, wenn ich es denn könnte. In zwei Tagen haben wir Vollmond, und im Augenblick gefallen mir seine wässrigen Blautöne, die, wie ich finde, dem Geist eines echten Monds ähneln.

Im Haus herrscht allgemeine Aufregung wegen Hopes zwei Überraschungen. Ich frage mich, ob sie vielleicht verkündet, dass sie schwanger ist, und wenn ja, ob das eine wirklich gute Nachricht ist. Ich mag Mal wirklich gern, aber er gehört zu den Leuten, die, ohne mit der Wimper zu zucken, ein Baby gegen eine Handvoll magische Bohnen eintauschen würden. Und wenn er es täte, würde er jeden davon überzeugen, dass er das einzig Richtige getan hätte, und nur Hope wäre sauer. Mals wertvollste Eigenschaft ist ein unsäglicher Überfluss an Charme, der jede seiner Schwächen vergessen lässt. Aber er ist ein guter Gesprächspartner, wenn man mal vom Leben die Nase voll hat oder die eigene Familie einem auf die Nerven geht, denn er hört gut zu, was man nicht von vielen behaupten kann.

Ich sehe unsere Eltern zum Schwimmen gehen, was sie um diese Zeit oft tun. Mum trägt einen grün-weiß gestreiften Badeanzug und den Panama-hut, den Dad ihr letztes Jahr zum Geburtstag geschenkt hat. Dad trägt Shorts und Flipflops.

Nach dem Schwimmen wird Mum den Grill anwerfen, und Dad wird marinieren und herumjammern. Irgendwann werden Malanhope mit noch mehr Salatschüsseln und Weinflaschen vorbeikommen, die geöffnet werden. Und geleert. Die Erwachsenen werden bald betrunken sein. Und wenn niemand aufpasst, vielleicht auch die Kinder.

Was ich nicht von meinem Fenster aus sehe, kann ich mir ganz klar vorstellen. Im Augenblick zum Beispiel spielen Mal und Alex auf dem Fußboden in Malanhopes Wohnzimmer Schach. Mal zuckt bei jedem guten Zug von Alex zusammen. Da sie beide schummeln wie Piraten, will kein anderer mit ihnen spielen. Ich weiß nicht, ob Alex schon immer geschummelt oder es sich von Mal abgeguckt hat, der behauptet, er studiere kriminelle Denkmuster, falls er irgendwann mal als Professor James Moriarty aus *Sherlock Holmes* besetzt werden sollte.

Irgendwann gehe ich nach unten. Als Hope ankommt, wollen alle die Geheimnisse erfahren, aber sie erklärt, es sei noch nicht so weit. Mal sagt, er lasse sich gern bestechen, aber nur in bar.

»Ach, verdammt nochmal«, murmelt Alex. »Wehe, das ist nicht richtig gut.«

Mattie, naiv wie sie ist, vermutet wie immer, dass es bei den Geheimnissen um sie geht. In der Hinsicht liegt sie nicht ganz falsch.

Es ist nach halb neun, als wir uns schließlich alle zum Essen hinsetzen. Der Tisch wird von Sturmlaternen erhellt, verstärkt durch Kerzenstummel in Gläsern. Alex hat sich ans untere Tischende gesetzt, damit Mum und Dad nicht merken, dass eines der Gläser ihm gehört, wenn Mal allen aus der Flasche nachschenkt.

Schließlich steht Hope auf und klopft mit einem Löffel an ihr Glas, als würden nicht ohnehin schon alle auf heißen Kohlen sitzen. Von Alex' Tischende ertönt ein lauter Hurraruf, und als Tamsin ihn von der Bank stößt, landet er mit einem dumpfen Schlag auf dem Boden, wo er kichernd sitzen bleibt.

»Ich habe euch zwei Überraschungen versprochen«, sagt Hope, ziemlich dramatisch, wie ich finde. Sie wirkt nervös.

»Zwillinge?«, meldet sich Dad zu Wort, und Mal verschluckt sich.

»Keine Zwillinge«, erwidert Hope. »Aber Mal und ich wollen heiraten. Man kann also nie wissen.«

Mal murmelt: »Gott bewahre!«, aber alle anderen jubeln und neigen sich über den Tisch, um ihnen zu gratulieren. Hope schiebt sie weg.

»Also, bitte«, sagt sie. »Wir leben wirklich schon lange genug zusammen.«

Dad schüttelt Mal über den Tisch hinweg die Hand. »Gut gemacht, Mal.«

Hope verdreht die Augen. »Weil er eine Frau gefunden und sie mürbe gemacht hat?«

Dad lacht.

»Die Hochzeit ist am letzten Sommerwochenende, nichts Großes, nur ein kurzer Gottesdienst. Eingeladen wird nur die unmittelbare Verwandtschaft und ein paar enge Freunde, es gibt gutes Essen, kein Partyzelt. Schlicht, schlicht, schlicht.«

»Wie Mal.«

Mum bringt Alex zum Schweigen.

»Kein weißes Kleid?« Mattie wirkt beunruhigt.

»Mal kann anziehen, was er will«, antwortet Hope. Und immerhin küssen sie sich, ein süßer Kuss für das Publikum.

Wir applaudieren.

Hope hebt eine Hand. »Eins noch. Angesichts der Tatsache, dass so ziemlich die ganze Familie hier versammelt sitzt, möchte ich den Moment nutzen und euch dafür danken, dass ihr ein netter und erträglicher Haufen seid. Das ist alles.«

Alex, der schon sein Leben lang die beispielhafte Fähigkeit besitzt, anderen die Show zu stehlen, übergibt sich im hohen Gras. Mum packt ihn am Kragen und schleppt ihn ins Haus. Wir hören gedämpftes Geschrei, und als er schließlich wieder erscheint, wirkt er ziemlich grünlich im Gesicht. Mum kommt mit einem Eimer Wasser hinter ihm her und sieht sauer aus.

»Darf ich Trauzeugin sein?« Mattie hat schon ihr Kleid ausgewählt und die Blumen, die sie tragen wird.

»Was ist mit mir?«, fragt Tamsin.

»Zwei Blumenmädchen …«, erwidert Hope. »Es sei denn, du … oder Alex?« Hope sieht mich plötzlich besorgt an.

»Nein, danke«, erwidere ich. »Es sei denn, du möchtest unbedingt uns.«

Hope lächelt und schüttelt den Kopf. »Zwei reichen.«

Alex lebt langsam wieder auf. »Und was ist mit mir?« Sein Blick ist völlig leer.

»Was mit dir ist, mein Schatz? Ich hätte dich wahnsinnig gerne als Blumenmädchen.«

Alex taumelt überglücklich zur Seite.

»Genug von der Hochzeit«, sagt Dad. »Wo bleibt die zweite Überraschung?«

Der Rest von uns hatte die zweite Überraschung schon völlig vergessen.

»Ah«, sagt Mal. »Nun ja. Nicht alle von euch wissen vielleicht, dass Hopes Taufpatin Florence Godden ist.«

»Doch nicht *die* Florence Godden?« Dad und Mal klingen wie eine abgedroschene Varieténummer.

Dass Hope Florence Goddens Patenkind ist, ist eine der wichtigsten Fakten über sie.

Alex krängt wieder leicht seitwärts.

»Florence dreht einen Film in Ungarn, und der Termin ist kurzfristig vorverlegt worden. Deshalb kommen ihre Jungs aus L. A. und bleiben den Sommer über bei uns.«

»O Gott.« Mattie sieht aus, als würde sie gleich in Ohnmacht fallen. »Ich kann nicht fassen, dass du uns das noch nicht gesagt hast.«

»Sie sagt es uns jetzt, Mattie.« Selbst Tamsin spricht mit Mattie von oben herab.

»Ich hab die Jungs seit Jahren nicht mehr gesehen«, sagt Hope. »Ich nehme an, sie haben sich verändert. Kit muss inzwischen neunzehn oder so sein, und Hugo ein, zwei Jahre jünger. Aber ihr dürft nicht alle gleichzeitig über sie herfallen. Denkt an den armen Kormoran.«

Wir schweigen kurz und erinnern uns an den armen Kormoran. Er war verletzt, und wir wollten ihn unter Mals Anleitung gesund pflegen, als er einen Herzinfarkt bekam, weil wir ihn, wie Mal sagte, »mit übertriebener Zuneigung erdrückten«. Nachdem der Vogel gestorben war, zeichnete ich ihn mit seinen ausgebreiteten Flügeln, deren Spannweite so breit war wie Alex groß. Sein schlangenartiger Hals und die kalten Augen gaben einen grausigen Kadaver ab.

Hopes Ermahnung an diesem Abend führte irgendwie dazu, dass sich Kit Godden und der Kormoran in meinem Kopf für immer miteinander verbanden, der goldene Junge und der zerfledderte schwarze Vogel. In der Ausgabe von *Die Vögel Großbritanniens* meines Großvaters aus dem Jahr 1954 wird der Kormoran als *ein finsterer, tückischer Vogel, oft verwechselt mit der Krähenscharbe* beschrieben.

Hmm.

Hope setzte sich. »So«, sagte sie. »Das ist alles. Wollen wir auf den Sommer trinken?«

Jeder nahm sein Glas, nur Alex nicht, den Mum mit einem so eisigen Blick fixierte, dass er unter dem Tisch ins Gras glitt und dort blieb.

Acht Stimmen skandierten wie ein Chor. »Auf den Sommer.«

# 5

Drei Tage vor Kit und Hugo Goddens Ankunft am Meer. Die über Dreißigjährigen schien die bevorstehende Apokalypse nicht zu beunruhigen, aber Mattie verbrachte jede freie Stunde mit einem verrückten Selbstvervollkommnungsprogramm. Der Rest von uns schlenderte ins Haus, als sie gerade eine Haferbreimaske auflegte und an ihrem Haar herumbastelte.

»Ist ja eklig«, sagte Alex. »Ich lade ein paar Fledermäuse runter, die ich den neuen Jungs zeige.« Er fand das unglaublich großzügig. Wer mochte schließlich keine Fledermäuse?

»Sie mögen bestimmt keine Fledermäuse«, sagte Mattie.

»Jede Wette, dass doch. Da, wo die beiden herkommen, hungern bestimmt alle nach Fledermäusen.«

»Wie steht es mit Batman?«, fragte Tamsin kichernd.

Alex ignorierte sie. »Wenn sie Fledermäuse mögen, sind sie in Ordnung. Wenn nicht, können sie gleich wieder gehen.«

Ich zuckte die Schultern. »Ist nur gerecht.«

»Batman!«, sagte Tamsin, diesmal lauter, damit wir es auch wirklich mitkriegten.

»Würdet ihr vielleicht alle die Klappe halten und verschwinden?« Mattie war mit den Nerven am Ende. Sie musste ihre Maske entfernen und ihren Schmollmund perfektionieren, und die Zeit wurde knapp.

»Wir verstehen deinen zarten Hinweis«, sagte Alex und knallte seinen Laptop zu.

»Sie ist verrückt«, sagte Tam, als wir draußen waren.

Für Alex verstand sich das von selbst. »Mann, ich hoffe, die zwei sind keine sabbernden Idioten, die auf Möpse stehen.«

»*Möpse*, Alex?« Mal erschien mit einer Werkzeugkiste aus dem Schuppen. Das Tor musste repariert werden.

»Die Jungs aus Kalifornien. Wahrscheinlich geht es diesen Sommer nur um Möpse und Zungen. Widerlich.« Alex würgte.

»Fang nicht gleich mit Zungen und Möpsen an,

junger Mann.« Mal fand Alex unglaublich amüsant, wie wir alle auch. »Man muss nicht gleich das Schlimmste voraussehen.«

»Na, hoffentlich.« Alex stapfte davon.

»Fährst du mich zum Reitstall?« Tam bedachte Mal mit ihrem gewinnendsten Lächeln.

Er wackelte mit einem Schraubenzieher in ihre Richtung. »Ein paar von uns müssen arbeiten.«

Tam seufzte und ging hinter Alex ins Haus.

»Ich schätze, jetzt sind nur noch wir übrig«, sagte Mal und legte mir den Arm um die Schulter. »Hast du Lust auf ein bisschen schwere Handarbeit?«

»Nö. Ich glaube, ich geh schwimmen.«

»Lass dich nicht aufhalten«, erwiderte er. »Sei sorglos und frei. Genieße den strahlenden Traum der Jugend.«

Ich verdrehte die Augen. »Ja, klar.«

»Bevor du dichs versiehst, bist du alt und klapprig, und keiner will dich mehr heiraten.«

»Ich richte Hope aus, dass du verzweifelt bist.«

»Tu das, mein Schatz.«

Ich ging hinunter zum Wasser und watete hinein. Den ganzen Sommer über Fremde hier zu haben, würde Veränderungen mit sich bringen. Gute? Schlechte? Alex hatte recht: Wochenlanges Flirten und Sabbern wegen Mattie in trägerlosen Tops war mehr, als ich ertragen konnte. Vielleicht war ja wenigstens einer der beiden Jungs normal.

Ich stürzte mich in die Fluten und spürte, wie sich das eiskalte Wasser über mir schloss. In der Luft wirbelten zu viele Gedanken herum. Wenigstens hier herrschte Stille.

Als ich Mattie das nächste Mal sah, wirkte sie wie retuschiert: glänzend und aufgedonnert, ebenmäßiger Teint, die Augenbrauen zu klaren Bögen geformt, ihre Beine (und weiß Gott, was noch) haarfrei mit einem leichten Ölschimmer. Sie roch nach Geranien und Rosen, ein Duft, den wir alle als das Parfüm unserer Mutter erkannten. »Ich leihe es mir bloß aus«, sagte sie, aber wie kann man ein Parfüm ausleihen? Man kann es ja nicht gut zurückgeben.

Sie lag auf dem großen alten Sofa im Wohnzimmer, die Beine auf der Rückenlehne, und starrte ihr Handy an, als würde ein dienstbarer Geist auftauchen, wenn sie daran rieb.

Mattie und ich ignorierten uns meistens, weil wir nicht viel gemeinsam hatten. Das war einfacher, als sich darüber zu streiten, welche Lebensziele erstrebenswerter waren, da es (meiner Meinung nach) keines der ihren war und umgekehrt.

Die Stunden vergingen wie im Rest des Jahres, bis das von uns mit Spannung Erwartete, was immer es sein mochte, seinen Anfang nahm.

# 6

Am Morgen, als Kit und Hugo Godden am Strand ankamen, spielte Mal mit Mum gerade Karten, Tamsin war im Reitstall bei ihrem Pony, Mattie lackierte sich die Fingernägel, und Dad, Hope und ich waren schwimmen. Gomez lag hinten im Garten im Schatten und schnaufte träumend vor sich hin.

Wir sahen das Auto näher kommen: einen langen schwarzen Mercedes mit getönten Scheiben. Nicht unbedingt üblich in dieser Gegend, wir wussten also Bescheid.

Ich meine, wir kannten keine Einzelheiten. Wir wussten nur, dass sie kamen, um den Sommer bei Mal und Hope zu verbringen, und offen gestanden, was könnte mehr ungetrübte Freude auslösen als das?

Mattie war so aufgeregt wie noch nie zuvor. Endlich Action.

Ich war argwöhnisch wie immer. Warum wir?

Warum hier? Waren sie nicht alt genug, um den Sommer allein zu verbringen? Hatten sie in L. A. denn keine Freunde?

Tamsin war aufrichtig in ihr Pony verliebt und nicht so empfänglich für mögliche romantische Abenteuer wie der Rest von uns. Doch selbst sie warf schnell noch ein paar Heuballen in Dukes Box und kam nach Hause, als Mum ihr eine SMS schrieb.

Wir trafen uns alle gleichzeitig, Tam auf ihrem Fahrrad, Mattie (mit noch feuchten Fingernägeln), Mal, der aus dem Haus kam.

Hope, Mum, Dad und ich waren schon da.

Wir verbrachten die Sommer in Badesachen unter T-Shirts und Shorts und sahen dementsprechend aus wie ein durchschnittlich gekleidetes Empfangs-komitee für einen hohen Politiker: zusammen-gestückelt, sonnenverbrannt und völlig deklassiert. Der Fahrer des Mercedes trug einen dunklen Anzug mit Krawatte, und Florence Godden entstieg dem Beifahrersitz, als träte sie auf einen roten Teppich, die weißen Seidenbahnen ihrer Tunika umflorten sie wie Schwingen. Gomez kam mit flatternden Ohren angerannt, aber zu Florence' Gunsten sei gesagt, dass sie nur einen langen gehäkelten Hand-schuh auszog, in die Hocke ging und Gomez so lange streichelte, bis er das Interesse verlor und wieder davonschlich, um dem Nichtstun zu frönen.

Sie war um die fünfzig, schlank und leicht ausgemergelt wie ein Hollywood-Star, dessen Schönheit allmählich verblühte, das dunkle Haar perfekt gestylt, die Haut ein glänzendes Bronze, große weiße Sonnenbrille, Gesichtszüge wie auf dem Reißbrett entworfen. Die teuren Seidenbahnen wogten über einer langen, faltenfreien weißen Hose, die sich locker über Plateausandalen bauschte. Die Sandalen schienen mehr zu wiegen als die Frau.

Mattie starrte Florence Godden staunend an. Ein echter Filmstar, dessen Karriere allerdings schon lange vor Matties Geburt ihren Höhenpunkt erreicht hatte.

»Meine Liebe«, sagte Florence seufzend beim Anblick von Hope, »wie lange haben wir uns schon nicht mehr gesehen?«

»Viel zu lange«, erwiderte Hope lächelnd und umarmte ihre Patentante.

»Wie schön, euch alle kennenzulernen.« Florence sprach mit einem irgendwie britischen Akzent, vermischt mit einem pseudogedehnten Texas-Slang. »Ich sehe *sofort*, dass meine Jungs hier glücklich sein werden.«

Die Aufmerksamkeit des Empfangskomitees wechselte plötzlich, als folgte sie dem Ball in einem Tennisspiel. Kit kletterte aus dem Rücksitz, und Matties Gesicht verrutschte, was wir schon ewig nicht mehr gesehen hatten. Da sie fast nie die zweitschönste Person in einer Menge war, muss Kits Anblick sie wie ein Schock getroffen haben. Mattie war an Bewunderung gewöhnt, denn sie besaß das genau richtige Maß an Kurven, Beinlänge, Augengröße und Schmachtmund, um Männer wie Frauen zu veranlassen, innezuhalten, hinzuschauen und noch mal hinzuschauen.

Aber Kit Godden war von einem anderen Kaliber – strahlende Haut, dickes kastanienbraunes Haar, durchwirkt von goldenen Strähnen, goldgesprenkelte Augen –, eine Art goldene griechische Statue der Jugend. Er trug ein uraltes weißes Poloshirt mit einem Krokodil auf der linken Brust, ausgebeulte Khakishorts und Flipflops. Sein ziemlich langes Haar wuchs aus seinem Kopf wie Medusas Schlangen; hin und wieder strich er es mit den Fingern nach hinten.

In meiner Erinnerung scheint er zu leuchten. Wenn ich die Augen schließe, sehe ich vor mir, wie er damals auf uns wirkte, als strahle er von innen, als hätte er stundenlang Sonnenlicht absorbiert, um es langsam wieder in die Welt zu entlassen. Auch seine Stimme war golden: leise und warm, nicht streitlustig und mürrisch wie unsere Stimmen.

Kit Godden bedachte uns der Reihe nach mit seinem strahlenden Lächeln. In seiner Stimme schwang Selbstvertrauen mit und die leise Aufforderung, alle möchten sich doch bitte ein wenig näher zu ihm beugen, um ihn zu hören.

Mattie wurde als Erste vorgestellt, und Kit reichte ihr feierlich die Hand. Ich rechnete mit einem Blitz beim Zusammenprall von heiß und kalt oder allermindestens mit einem Erdbeben. Nach vier Sekunden hatte er Mattie praktisch zu Tode bezaubert.

Die Spannung in der Mitte der Gruppe kochte über.

»Hugo, mein Liebling, wo bist du?« Florence beugte sich in den Mercedes und nahm ihre Sonnenbrille ab, um in der hintersten dunklen Ecke ihren Sohn zu suchen; sie fand ihn und packte ihn am Handgelenk, damit er sich endlich zeigte, braunes Haar und ziemlich schlicht aussehend. Leicht gebeugt löste er sich hinten aus dem Wagen, größer, dünner und nicht so sportlich wie sein Bruder. Er trug ein schlichtes blaues T-Shirt und Jeans mit weißen Turnschuhen. Sonst nichts: keine schicke Strickjacke, kein Jackett und kein Basecap, kein Sweatshirt mit Logo. Sein Gesicht wirkte leicht verschwommen, die Hände steckten tief in den Taschen, und er wandte den Kopf von der Welt ab, so dass es schwer war, ihn richtig ins Visier zu nehmen. Er wirkte knochig und ungelenk, mit knubbeligen Ellbogen und Knien, wie ein junger Windhund.

Man sah ihm die Verwandtschaft mit Kit an, allerdings fehlte ihm der Charme, der Glanz, er war eindeutig der Schwächste im Wurf, mittelmäßig, abgesehen von seinem mürrischen Gesichtsausdruck, der den Eindruck vermittelte, dass er lieber woanders wäre.

»Kommt mit, kommt doch rein«, sagte Malcolm. Er führte alle ins Haus und bot Getränke an, während Hope sich bei Kit und Florence unterhakte und untypisch arrogant aussah.

»Das sind viele Namen, die du dir merken musst«, sagte sie leise zu Kit. »Aber du schaffst das schon.«

Kit ging die Namen durch und bedachte jeden von uns mit einem wissenden Lächeln, als erfinde er eine nicht ganz anständige Eselsbrücke.

Malcolm und Mum verschwanden in die Küche und ließen Mattie zurück, die Kit nur anstarrte, und Hope, die den Tisch deckte. Dad und Florence plauderten wie alte Kumpel; Florence legte ihre Hand auf Dads Arm, und ihre helle Filmstarstimme kippte in die höheren Register, wie bei einer Französin. Mal holte Gläser und schenkte einen italienischen Weißen ein, der allen auf den nüchternen Magen schlug, Mattie zum Schwanken brachte und die rasche schützende Hand des glorreichen Kit erforderte, außerdem ein mitfühlendes Lächeln und einen Blick in Matties Gesicht, der ihre Augäpfel zu schmelzen drohte.

Über ihre Schulter hinweg fiel Kits Blick auf mich. Eigentlich lasse ich mir nie etwas anmerken, aber ich sah sofort, dass er sofort sah, dass ich …

Sagen wir einfach, dass mir sein Blick wie ein Schnappmesser zwischen die Rippen glitt.

Er hielt meinem Blick einen Tick zu lange stand, senkte dann den Kopf und sah uns der Reihe nach an.

Oooh. Der ganze Raum hält die Luft an.

Und atmet aus.

»Meine wunderbaren Jungs«, sagte Florence, packte Kits Arm, sah ihn liebevoll an und suchte nach Hugo, der sich mit finsterem Blick in die hinterste Ecke verdrückt hatte.

Wir mochten Hugo von Anfang an nicht und fällten, gleich einem griechischen Chor, ein einstimmiges Urteil über die Familie Godden – Kit, der Junge mit jeder denkbar erlesenen Eigenschaft, und Hugo, nun ja.

Hope schenkte noch mehr Wein ein, und Mattie sonderte Kit von der Menge ab, ging dabei vor wie ein Schäferhund und drängte ihn sanft zum Strand hinunter zu unserem Haus.

»Hier ist es schöner, als es aussieht«, hörte ich sie sagen, und er murmelte etwas Anerkennendes zurück.

*Schöner, als es aussieht?* Hier ist es phantastisch.

»Man kann hier Tennis spielen, Schwimmen und Segeln, und oben an der Straße ist ein Reitstall, außerdem kann man angeln, und die nächste Stadt ist nur ein paar Kilometer entfernt, aber ich nehme an, du fährst nicht.« Sie verstummte, weil sie offenbar nicht so recht wusste, was sie noch sagen sollte.

»Wenn es mir hier nicht gefällt, gebe ich nicht dir die Schuld«, sagte Kit. »Außerdem muss ich Monologe für mein Vorsprechen an der RADA lernen. Ich langweile mich also bestimmt nicht.«

»Normalerweise ist es hier nicht langweilig«, sagte Mattie. Sie klang lächerlich – auch wenn es durchaus möglich war, dass der erhabene Godden das Leben hier vielleicht unerträglich öde fand. »Hängt wahrscheinlich davon ab, was man so gewöhnt ist.« Und dann: »Die *Royal Academy of Dramatic Art*? Das ist echt cool.«

Sie saßen am Rand der Terrasse vor unserem Haus, und ich konnte Matties Auserwählten genau unter die Lupe nehmen. Irgendwie hatte er etwas Androgynes an sich, aber bei Schauspielern weiß man ja nie. Die Art, wie er das Kinn leicht nach oben reckte, verriet, dass er den günstigsten Winkel beim Sitzen sorgsam einstudiert hatte.

»Euer Haus ist unglaublich«, sagte Kit.

»Es gehört der Familie seit Ewigkeiten«, erwiderte Mattie und schaukelte mit den Beinen. »Uns fällt das kaum noch auf.«

Alex streckte den Kopf unter der Terrasse hervor. »Du bist wahrscheinlich Kit.«

»Ja, wahrscheinlich. Und du?«

»Alex.« Er befreite sich aus dem Kriechgang, richtete sich auf, blinzelte in die Sonne und wischte sich modriges Laub und Spinnweben von den Armen und Beinen. »Au«, sagte er und streckte die Arme hoch und nach hinten. »Ein Krampf.«

»Was machst du da unten?«

»Ich erforsche das Tierleben.« Er hielt eine kugelschreibergroße Taschenlampe hoch und richtete sie direkt in Kits Augen. »Kröten, Molche, Käfer. Alles Mögliche.«

»Biologie ist nicht so mein Ding.«

»Das hat nichts mit Biologie zu tun«, erwiderte Alex verächtlich. »Das ist Leben.«

Kit blinzelte.

Dann Mattie: »Kannst du segeln?«

»Ein bisschen.« Kit folgte ihrem Blick den Strand hoch, wo eine kleine Ansammlung von Masten in der Lagune schaukelte.

»Es ist schwierig, in die Mündung zu kommen, aber man gewöhnt sich dran«, sagte sie. »Man muss viel dichter ans Land, als man es normalerweise riskieren würde.« Mattie schwenkte ihre Beine im Kreis.

Kit wirkte interessiert. »Du musst mich mal mitnehmen. Ich bin nur im Pazifik gesegelt. Das ist anders.«

»Zum Beispiel ist er viel größer«, sagte Alex und verschwand wieder.

»Wir kommen schon seit, weiß nicht, Generationen hierher«, sagte Mattie. »Im Sommer ist immer was los. Gegen Ende August gehen Dad und Mal auf große Segeltour um die Landspitze. Wir dürfen nicht mit, ist ein Männerfreundschaftsding. Aber einmal sind sie fast von einer Fähre gerammt worden, und ein anderes Mal war der Wind so stark, dass der Mast gebrochen ist.« Sie verstummte. »Und wir veranstalten ein Tennisturnier, das echt Spaß macht. Alles höchst traditionell.«

»Tennis finde ich gut«, sagte Kit.

»Mal spielt am besten, aber ich bin auch ganz gut.«

Mattie war sogar ziemlich gut. Nicht großartig, aber auch nicht allzu schlecht. Wir spielten eine Art Kamikaze-Tennis, das die Regeln umging und die Tatsache berücksichtigte, dass das Netz durchhing und es keinen Schiedsrichter gab. Den Punkt gewann meistens, wer am besten argumentierte.

Unten am Strand läutete Hope eine Glocke. Das Essen war fertig.

»Wir sollten lieber zurückgehen«, sagte Mattie.

»Mach dich auf das Essen mit Florence gefasst«, sagte Kit. »Bei Abschieden wird sie immer sehr emotional. Wenn sie weint, fühlt sie sich wie eine gute Mutter.«

»Ist sie denn keine?«, fragte Mattie.

Kit lachte.

# 7

Ich studierte Florence Godden wie ein Tierfotograf vielleicht einen Lemur studieren würde. Sie hatte eine Art, die Aufmerksamkeit auf sich zu ziehen, die sich nicht allein durch ihren Ruhm erklären ließ; wäre sie nicht Hopes Patentante gewesen, hätten wir Kinder keine Ahnung gehabt, wer sie war. Was mich beeindruckte, war die Art, wie sie ihre glänzende Fassade benutzte, um die Blicke auf sich zu ziehen, und sie dann Sekunden später wieder von sich ablenkte.

»Was drehst du gerade?«, wurde mit der vagen Beschreibung eines jungen serbischen Regisseurs beantwortet, der bald einen Namen haben würde, einem männlichen Hauptdarsteller mit mehreren Auftritten bei früheren Oscars und einem so berühmten Drehbuchautor, dass man die gesamte Filmbesetzung zur Geheimhaltung verpflichtet hatte. Angesichts der Tatsache, dass niemand am Tisch (mit der möglichen Ausnahme von Mal oder Hope) einen einzigen lebenden Drehbuchautor nennen konnte, schien die Geheimnistuerei sinnlos. Doch die Folge war, dass man erst viel später feststellte, wie wenig man eigentlich über das Projekt erfahren hatte. Ich wusste nicht viel über das Filmgeschäft, hatte aber doch die leise Ahnung, dass ihr Film nicht in Cannes gezeigt würde.

Hugo besaß das gegenteilige Talent, das der selektiven Unsichtbarkeit: Man ließ den Blick schweifen und übersah ihn komplett. Auch eine beachtliche Fähigkeit, wenn man es genauer bedachte.

Kit glänzte bescheiden neben Mattie und war froh, seiner Mutter die Bühne zu überlassen. Er hatte es nicht nötig, mit ihr zu konkurrieren, und das wusste er. Und sie wusste es auch. Dass Kit zu ihr gehörte, erfüllte sie mit Stolz.

Hope erklärte den Ablauf ihrer Hochzeit – »nichts Großes, nichts Extravagantes, ihr kennt mich ja« –, worauf Florence Godden die Schockierte spielte und meinte, »lass mich *wenigstens* die Blumen kaufen, und mach dir keine Sorgen wegen des Termins, der Film kommt auch ohne mich zurecht, wenn es hart auf hart kommt«.

Irgendwie wusste ich, es würde nicht *hart auf*

*hart* kommen. Hope begegnete meinem Blick, und ich sah, dass auch sie es wusste. Es war fast, als wären wir Verbündete, wenn auch nur ganz kurz.

Dank Mal kam der Nachtisch aus der Küche – eine Pflaumentarte so groß wie ein Wagenrad, die Hope neben Hugo abstellte, weil er am nächsten saß, aber auch, um ihn in die Gruppe einzubeziehen. Ein großer Topf Schlagsahne landete ebenfalls neben ihm.

Hope hielt ihm das Messer hin. »Möchtest du sie aufschneiden, Hugo?«

Aber Hugo schüttelte den Kopf, und Alex nahm das Messer und zerlegte die Tarte stümperhaft in zwölf Dreiecke.

Florence nahm ihr Stück mit übertrieben zur Schau gestellter Begeisterung entgegen, obwohl sie schon ihr Essen kaum angerührt hatte. Auch die Tarte blieb unschuldig liegen, bis Mal sich irgendwann erbarmte und ihr Stück auf seinen Teller schob.

Der Kaffee kam, und Florence fing an, Aufbruchstöne anzustimmen. »Ich wünschte, ich könnte bei euch bleiben, ihr großartigen Freunde, und müsste nicht nach Ungarn fliegen«, sagte sie und betonte *Ungarn* mit einer Affektiertheit, die man sich normalerweise vielleicht für *Pjöngjang* aufsparen würde.

»Geh nicht«, sagte Mal mit einem Mundvoll Tarte. »Bei den Magyaren gibt es nur Gulasch und Kartoffeln. Wie öde.«

»*Doch rückwärts braust mir Tag für Tag ans Ohr der Zeiten Flügelschlag*«, sagte Florence seufzend. »Aber bis wir uns wiedersehen, bewahre ich jeden Einzelnen von euch in meinem Herzen.« Mit traurig geneigtem Kopf presste sie die gefalteten Hände an die Brust, dann (Szene vorbei) zog sie einen zarten Netzhandschuh über ein schmales Handgelenk, dann den anderen, holte ihren Hut vom Tisch an der Tür, umarmte Kit, Hope und Mal, warf dem Rest von uns Kusshände zu und hielt im letzten Moment inne, um Hugo zu suchen.

»Hugo!«, rief Mal, und alle verstummten und warteten darauf, dass er sich zeigte.

Doch er zeigte sich nicht.

Als er wieder auf der Bildfläche erschien, war seine Mutter verschwunden.

# 8

Mattie verliebte sich schneller, als ich es je bei jemandem erlebt hatte. In ihrem Kopf hakte sie ständig eine Checkliste mit möglichem Lebenspartnermaterial anhand eines Schaubilds mit der Überschrift *Wie man weiß, dass er der Richtige ist* ab, das sie online gesehen hatte und jede Menge Bilder von strahlenden jungen Dingern zeigte, die sich gegenseitig Huckepack nahmen, Äpfel pflückten oder Kissenschlachten lieferten.

Im Augenblick redete sie mit Alex, der versuchte, nicht zuzuhören, während ich oben im Turm Landschaften zeichnete.

»Wie glaubst du, ist er wohl? Kit, meine ich. Also, wie ist er wirklich? Kit. Kit Godden. Ein toller Name, findest du nicht?«

Alex sah sie an. »Weiß nicht. Klingt für mich irgendwie nach einem Tier. Vielleicht ein Frettchen.« Er zog die Oberlippe hoch und bleckte die Zähne.

»Kkkit. Kkkit. *Kkkkit.* Eindeutig ein Frettchen. Was ich in Ordnung finde. Ich mag Frettchen.«

»Er ist kein Frettchen«, rief Mattie hinter Alex her, der sich zurückzog. Sie erwartete keine Antwort und bekam auch keine, und man musste gar nicht mit ihr im Zimmer sein, um zu sehen, wie sie sich aufs Sofa warf und von einem Sommer mit Kit Godden in inniger Zweisamkeit träumte – schwimmen mit Kit Godden, segeln mit Kit Godden, auf dem Sofa abhängen und Bücher lesen, ihre Füße verschlungen mit seinen. Danach folgte eine diskrete zeitliche Lücke, bis sie wieder als Mr. und Mrs. Kit Goddon mit drei niedlichen Kindern erschien: Coco, Miles und der kleine Wolf.

Ich schätzte, nach zwanzig Minuten hätte sie bestimmt genug vom Herumphantasieren und würde sich ein Publikum suchen. Mattie ist der sprichwörtliche Baum, der in einem Wald umfällt.

Tatsächlich dauerte es nur fünfzehn Minuten, dann sprang sie auf und suchte nach Gesellschaft.

»Wo sind denn bloß alle?«, rief sie. »Mum?« Ich hörte sie sogar im Turm. Wahrscheinlich konnte man sie noch in zehn Kilometern Entfernung hören. »Alex? Irgendwer?«

Ich lehnte mich aus dem Fenster und sah gerade

noch, wie Alex' Kopf aus dem Kriechgang unter der Terrasse auftauchte. »Was willst du denn jetzt wieder?«

»Glaubst du, er wird sich in mich verlieben?«

Alex betrachtete sie kritisch und zog wieder die Oberlippe hoch. »Du meinst Kkkit?«

Mattie wirkte zuversichtlich.

»Nein.«

»Doch, wird er, ganz bestimmt.«

»Meinetwegen.« Alex kam aus dem Kriechgang, in dem er wieder verschwunden war. »Mir egal.«

Mattie ging zur Terrasse, kniete sich hin und spähte in die Dunkelheit. »Du wirst schon sehen.«

»Mrs. Kkkkkit.«

Ich schloss das Fenster.

Hope und Malcolm waren mit Matties künftigem Gatten und seinem Bruder zu der üblichen Sightseeing-Tour aufgebrochen – Kirche aus dem vierzehnten Jahrhundert, angelsächsische Grabanlage, Buchantiquariat, Burgruine, historischer Pub. Es war schwer vorstellbar, dass die beiden sich groß für unsere örtliche Geschichte interessierten, da sie aus L.A. kamen, wo es keine gab.

»Der ganze Mist interessiert sie bestimmt nicht«, meckerte Mattie. »Heute ist ein perfekter Tag zum

Segeln, und das Dingi liegt direkt vor unserer Nase. Kit hätte mit mir segeln können. Alex, komm mit mir segeln.«

»Ich denke nicht dran, für deinen künftigen Gatten einzuspringen. Wir wären ewig unterwegs, und ich hab jede Menge zu tun.«

»*Bitte*, Alex.«

Manchmal bekomme ich eine Ahnung davon, wie stark Mattie ist. Wenn sie etwas will, sieht sie so hoffnungsvoll aus, so verletzlich, so herzzerreißend hilfsbedürftig, und darunter ist sie aus Stahl. Leute, die nicht an ihre großen braunen Augen und ihren furchterregenden Willen gewöhnt sind, kriegen manchmal Hirnkrämpfe.

Alex hielt durch. »Ich hab jede Menge zu erledigen.«

»Ach, komm, Alex … wir können Robben beobachten!«

Man konnte sehen, wie seine Entschlossenheit schmolz. Am liebsten hätte ich gerufen: *Bleib hart, Alex! Denk an Kricketstatistiken! Multiplikationstabellen!*

»Okay«, sagte er und trottete davon, um die Segel zu holen. Mattie hatte ihn bezwungen.

Sie kehrten erst am Spätnachmittag zurück, nass,

salzig und wütend, nachdem sie stundenlang gestritten hatten, wer der Skipper war, warum keiner der beiden daran gedacht hatte, ein paar Sandwiches mitzunehmen, und später, wessen Aufgabe es war, die Segel einzuholen, mit dem Ergebnis, dass sie es beide nicht taten.

Dad kam aus der Stadt zurück, als sie getrennt den Strand entlangstapften.

Mattie umarmte ihn.

»Hallo, Matts. Du und Alex wart segeln? Hattet ihr Schwimmwesten dabei?«

»Ja. Gibt's was zu essen? Wir sind am Verhungern.«

»Im Kühlschrank sind Schinken und Käse«, sagte er. »Aber es ist fast fünf. Wir essen bald zu Abend.«

»Sei so nett und mach mir ein Sandwich, Matts.« Alex ließ sich aufs nächste Sofa fallen.

»Mach doch selber.«

»Ich war mit dir segeln, oder nicht?« Er sah seinen Vater an. »Mattie schwärmt für den neuen Jungen.«

»Sie kennt ihn doch kaum.«

»Das spielt keine Rolle.«

Mattie stürmte aus der Küche herein. »Er ist netter als jeder in *diesem* Haus.«

»Offensichtlich«, sagte Alex.

Mattie rauschte wieder in die Küche und kam ein paar Minuten später mit einem lieblos zusammengeklatschten Sandwich zurück, das sie vor Alex auf den Tisch knallte.

»Danke.«

Dad setzte sich zu Alex aufs Sofa. »Irgendwas Interessantes gesehen?«

Alex hievte sich hoch und griff nach seinem Laptop. »Schau – die neuesten Nachrichten von der Fledermausfront. Fünf Arten bisher.« Er zeigte auf die Bilder auf dem Bildschirm. »Plus diese eine, bei der es sich, glaube ich, um eine Wasserfledermaus handelt, sehr scheu …« Er stoppte das unscharfe, blaustichige Video. »Schau sie dir an. Hübsches Gesicht, oder? Normalerweise leben sie unter der Erde. Keine Ahnung, wie die in meinem Fledermauskasten gelandet ist.«

Mattie beugte sich über das Bild und schauderte. »Eklig.«

»In diesem Sommer sind viel weniger da. Das merkt man, wenn man abends Ausschau hält. Es gibt kaum Moskitos, die sie fressen können.«

»Ihr Verlust ist unser Gewinn.« Dad streckte sich. »Eure Mutter und ich machen noch einen Spaziergang, bevor es dunkel wird – wollt ihr mitkommen?«

Alex verzog das Gesicht. »Nimm Mattie mit, vielleicht muntert sie das auf.«

Mattie versetzte ihm einen Tritt. »Ich muss nicht aufgemuntert werden.«

»Hey!«

»Okay, genug.« Dad sah mich an. »Willst du mitkommen?«

Ich schüttelte den Kopf.

Mattie blieb im Haus und tat so, als sehe sie sich einen Film an, doch in Wirklichkeit träumte sie von Kit. Nur er wusste, wie sie sich wirklich fühlte.

Alle anderen interessierte es nicht.

Ich fragte mich, ob Mattie ein großes Drama inszenieren würde, um den Frieden in diesem Jahr zu stören. Die Wahrscheinlichkeit war groß. Sie wollte unbedingt ihre Jungfräulichkeit verlieren, und wer würde Mattie schon einen Korb geben? Bestimmt nicht der Sohn eines Filmstars, der gerade aus dem Flugzeug kam.

In der Zwischenzeit galt es, Hochzeitsblumen und Kleider und Essen auszuwählen, auch wenn Hope kein großes Aufheben wollte. Ich ging davon aus, dass sich die Atmosphäre als ansteckend erweisen und Hopes Verlobung mit Mal etwas Verrücktes in Matties Kopf auslösen würde.

Aber jeder Sommer steht unter einem Motto, und ich schätze, *Liebe und Heirat* waren geringfügig besser als *Tod und Verzweiflung*.

# 9

Dad wachte immer zuerst auf. Er ging eine Runde schwimmen, lief gut drei Kilometer zum Laden, kam mit einer Zeitung und Brötchen zurück und verbrachte dann eine halbe Stunde damit, mögliche Langschläfer ausfindig zu machen, um es ihnen unter die Nase zu reiben. Wenn Mum wach war, ging sie mit ihm schwimmen, und in der Zwischenzeit trudelten Malcolm und Hope bei uns zum Kaffee ein. Jeder unter zwanzig tauchte vom Jüngsten bis zum Ältesten nacheinander auf. So lief es jeden Morgen.

Der einzige Unterschied war jetzt, dass Mattie früher als gewöhnlich schlecht gelaunt aus dem Bett sprang, sich nicht wie sonst auf das große Sofa fläzte und darauf wartete, dass ihr jemand Tee brachte, sondern in ihre Flipflops schlüpfte und in die Richtung schlappte, aus der Hope und Mal gerade gekommen waren.

Matties und Kits Romanze begann unter Vorspiegelung gänzlich falscher Tatsachen, denn Mattie kam in dem kleinen Haus an und tat so, als suche sie Hope, deren Weg sie gerade in die andere Richtung gekreuzt hatte.

Sobald sie da war, machte sie es sich bequem und wartete, um mit Kit zu frühstücken, und bekam manchmal stattdessen Hugo. Sie musste ihm gar nicht erst zeigen, dass sie ihn nicht mochte, denn er hätte es kaum registriert.

Mir gefiel die Tatsache, dass sie darauf verzichtete, Kit zu stalken. Sie tauchte einfach auf. Wenn man wie Mattie aussieht, ist es leicht, uneingeladen zum Frühstück zu erscheinen und trotzdem willkommen zu sein. Am meisten ärgert mich, dass man sich nicht anstrengen muss, um schön geboren zu werden, es bedarf keiner harten Arbeit, keiner geistigen Beweglichkeit, keiner Charakterstärke. Man braucht nur mehr Glück als Verstand. Und trotzdem ist es eine allgemein gültige Währung, die oft mit moralischer Überlegenheit verwechselt wird.

Wäre Kit auf eine mühelose Sommereroberung aus gewesen, dann wäre Mattie bestens geeignet gewesen. Doch es war von Anfang an schwer zu sagen, was Kit eigentlich wollte. Genau das machte die Sache so unglaublich spannend. Jedenfalls für mich.

Eines Morgens hörte ich Stimmen unter dem Turm und streckte den Kopf aus dem Fenster.

»Du zuerst«, sagte Mattie.

»Nein, du zuerst«, erwiderte Kit, der neben ihr ging, ohne sie zu berühren.

»Na gut. Natürlich würde es am Strand stehen, auf hohen Stelzen und mit einer Fensterfront ringsum und mit einer Leiter, die ich hochziehen könnte, wenn ich jemanden nicht bei mir haben will – zum Beispiel *dich*«, sagte sie, schaute hoch und sah mich.

Kit folgte ihrem Blick und entdeckte mich ebenfalls. Der Junge hatte wirklich ein Talent, einem Blick standzuhalten. Ich zog mich zurück.

»Und es hätte einen Dachgarten voller exotischer Pflanzen und ein Tauchbecken ...«

Ein *Tauchbecken*?

»Innen wäre eine ganze Glaswand, die eigentlich ein Aquarium mit tropischen Fischen wäre. Und –«

»Wow«, sagte Kit. »Das klingt viel aufregender als meines.«

»Das ist mein Traumhaus«, erwiderte Mattie feierlich. »Ich wollte schon immer ein Tauchbecken und ein Aquarium mit tropischen Fischen.«

»Ich staune über deine genauen Vorstellungen«, sagte Kit ohne jede Ironie. »Vielleicht solltest du Architektin werden.«

»Ich hab mich schon für Medizin entschieden«, sagte sie. »Und du?«

»Schauspiel«, erwiderte Kit. »Was denn sonst?«

Mattie zuckte die Schultern. »Du wärst in allem gut, was du anpackst. Am leichtesten erreicht man etwas, wenn man es unbedingt will.«

Ich stand einen Schritt vom Fenster entfernt und zeichnete rasch eine Skizze der beiden. Sie hatten mir den Rücken zugekehrt und gingen in Richtung Strand. *Am leichtesten erreicht man etwas, wenn man es unbedingt will?* Wie wär's mit Geige spielen oder Hirnchirurgie? Oder Krebs, was das angeht. Am leichtesten erreicht man etwas, wenn man a) eine gewisse Begabung hat und b) unglaublich hart arbeitet, um es zu beherrschen, oder c) im Fall von Krebs, einfach Pech. Bisher hat Mattie noch nicht viel Pech gehabt, aber sie ist ja noch jung.

Unter mir schlängelte sich Alex aus dem Kriechgang und richtete sich etwas wackelig auf.

»Hallo, Alex.«

Er schaute hoch.

»Wie steht es ums Tierleben?«

»Ziemlich gut.« Er drehte sich um und zeigte zum Strand. »Was ist mit den beiden?«

»Mattie ist verknallt«, antwortete ich.

»Hmm«, sagte Alex und blinzelte. »Wer hätte gedacht, dass Liebe so langweilig ist?«

Ich dachte darüber nach. »Vielleicht will er nur ein Stück von ihrem tropischen Fischwandaquarium.«

»Igitt. Zu meiner Vorstellung von Liebe gehören intelligente Gespräche, vorzugsweise über das Thema Fledermäuse. Die zwei haben keine Ahnung.«

Ich trat vom Fenster zurück. Selbst Tam und ihre Pferde waren interessanter als Matties Liebesaffäre mit ihrem eigenen Leben. Mum wurde sauer, wenn ich solche Bemerkungen von mir gab. »Du unterschätzt Mattie. Mit sechzehn sind viele Menschen ein bisschen zweidimensional. Das wächst sich aus.«

Es spielte keine Rolle, ob ich Mattie unterschätzte. Alle anderen überschätzten sie, also ging sie wieder als Siegerin hervor. Nicht zum ersten Mal wunderte ich mich über die abartigen Werte der menschlichen Spezies, denen zufolge Schönheit fast alles übertrumpft, einschließlich Güte, Geld und Talent. Schönheit allein ist natürlich nutzlos. Ein vergängliches Gut. Und wahrscheinlich auch ruinös für den, der sie besitzt. Selbst die Mona Lisa muss es leid sein, ständig angestarrt zu werden.

Die Erwachsenen waren aus dem Haus erschienen und faulenzten kaffeetrinkend in der Sonne. Ich saß mit einem Notizblock und ein paar Bleistiften am Fenster. Und lauschte.

»Stört es euch nicht, dass sie ständig bei euch sind?«, fragte Dad.

Malcolm lachte. »Immer wenn wir ankommen, sitzen sie auf dem Fußboden und spielen Karten, Schach oder *Was ist dein Lieblingshund?*. Ich glaube, Mattie ist die Schwester, die Kit nie hatte.«

»Haben wir in ihrem Alter nicht darüber diskutiert, wie man die Regierung zu Fall bringt?« Dad wirkte ernsthaft verwirrt.

Mum runzelte die Stirn. »Sie spielen *Was ist dein Lieblingshund?*? Bist du sicher?«

»Ja«, erwiderte Mal. »Ganz sicher. Matties ist eine Bulldogge, weil die so hässlich sind, dass man sie knuddeln möchte, und Kit sagt, seit er *Ein Schweinchen namens Babe* gesehen hat, wollte er ein Hüteschwein.«

»Das ist aber kein Hund«, sagte Hope.

»Hauptsache, sie kommen vor Mittag aus dem Bett«, sagte Dad.

»Erwähne bitte nicht *Bett*.« Mum zog eine Grimasse. »Wissen wir denn genau, was vor sich geht? Ich meine, wenn wir nicht da sind?«

Mal zuckte die Schultern. »Für mich sieht alles ganz harmlos aus.«

Dad sah zum Weg hoch. »Sind im Anmarsch.«

Kit und Mattie kamen zurück, gefolgt von Gomez, der sich neben Mal niederließ und ihn so eindringlich anstarrte, bis Mal seinen Toast hergab.

»Hallo«, sagte Hope. »Was habt ihr zwei denn heute vor?«

»Keine Ahnung«, sagte Mattie. »Vielleicht Tennis?«

»Wir gehen segeln«, sagte Kit.

»Ach, wirklich?« Mattie strahlte.

Kit nickte. »Japp.«

»Ihr müsst auf die Strömung achten«, sagte Mal und schluckte einen Mundvoll Kaffee hinunter. »Wenn ihr rauskommen wollt, müsst ihr bald los.«

Mattie runzelte die Stirn. »Ich segle schon länger als du, Mal.«

»Er übt schon mal für die Zeit, wenn er eigene Teenager hat«, sagte Hope. »Warum nehmt ihr nicht unser Boot? Es ist startklar, dann müsst ihr nicht alles hoch- und runterschleppen.«

»Ihr habt wirklich nichts dagegen?«

»Nicht im Geringsten.«

»Schwimmwesten!«, rief Dad hinter ihnen her.

Ich sah zu, wie die beiden zusammen loszogen, Mattie mit einer Jeansshorts über ihrem Badeanzug und einem alten, um die Schultern geknoteten Pullover von Dad, Kit mit einem Basecap und T-Shirt von irgendeiner Band aus L.A., die so trendy war, dass keiner von uns sie kannte. Die Sonne zauberte elf Goldtöne in Matties Haar, und durch das Salz wirkte es welliger als gewöhnlich. Die beiden sahen aus, als wären sie einer Werbung für teure Sportkleidung entsprungen.

Mum schaute hoch und sah mich am Fenster. Sie winkte. »Im Laden in der Stadt hängt eine Anzeige, dass sie eine Aushilfe suchen. Du könntest dich bewerben.«

»Wirklich? Wann hast du sie gesehen?«

»Heute Morgen.«

»Hey, Hugo.« Mal rutschte ein Stück, damit Hugo sich zu ihm setzte.

»Hallo«, rief ich, und er sah zu mir hoch, sagte nichts und drehte sich wieder zu Mal.

Ich zog mich in mein Zimmer zurück, bevor mich jemand nach unten rief, um Hugo Gesellschaft zu leisten. Ich hatte keine Lust, meinen Sommer mit einseitigen Gesprächen zu verbringen. Ich schlich nach unten und zur Hintertür hinaus, schnappte mir Dads Fahrrad und radelte los.

Als ich den Laden erreichte, hing die Anzeige noch da.

Lynn, die Besitzerin, kannte mich schon, bevor ich laufen konnte, und würde also wohl kaum Referenzen verlangen. Ich wusste genau, wo die einzelnen Waren lagen. Gebackene Bohnen, Feueranzünder, Glückwunschkarten, Käse, Zwiebeln, Wodka. Regale über Regale mit Süßigkeiten und Energydrinks. Lynn brauchte mich von zwei bis fünf, drei Tage in der Woche. Wenig Stunden, am Wochenende mehr, mieser Lohn, bar auf die Hand. Ich könnte das Geld gut brauchen, wenn ich es irgendwann schaffte, von zu Hause auszuziehen.

Lynn zeigte mir, wie man die Ladenkasse bedient. Dann räumte ich eine Zeitlang Regale ein, wischte ziemlich viel Staub und lief am Ende eine glückliche halbe Stunde lang mit einer Pistole herum, die Etiketten liest und anzeigt, ob das Verbrauchsdatum abgelaufen ist.

Dann radelte ich wieder nach Hause.

Als ich in die Einfahrt schlitterte, sah ich Mattie

und Kit ungefähr fünfzig Meter draußen auf dem Meer, Mattie an der Pinne, Kit am Hauptsegel. Der Wind hatte sich fast völlig gelegt, und das Segel schlackerte schlaff am Mast wie eine große leere Plastiktüte. Ich hörte sie lachen. Bei der Windstille wären sie noch stundenlang dort draußen.

Ich beobachtete sie eine Weile, aber Mattie saß mit dem Rücken zu mir, und Kit war hinter dem Segel, also schlenderte ich weiter zu Malanhope, um ihnen von meiner neuen Karriere zu erzählen.

Mal war begeistert. »Alle Großen haben mit Regaleinräumen angefangen.«

Ich sah ihn an. »Alfred? Alexander? Katharina?«

»Nicht *die* Großen«, erwiderte er und winkte wegwerfend ab. »Die Industriegrößen.«

»Rockefeller? Henry Ford? Steve Jobs?«

»Ja. Damit will ich sagen, es ist gut, wenn jemand in der Familie den Lebensunterhalt verdient.«

»Entschuldige«, sagte meine Mutter. »Einige von uns arbeiten verdammt hart …«

»Ich eingeschlossen.« Mal vollführte blitzschnell vier verschiedene Posen, als wäre er in einem Stroboskoplicht gefangen.

»Pfff«, erwiderte Mum, was auch hätte heißen können *Such du dir mal einen richtigen Job.*

Als Kit und Mattie mit dem Boot zurückkamen, waren wir schon halb mit dem Abendessen fertig, und sie mussten sich zusammen auf einen Stuhl am Tischende quetschen. Mattie hakte ein Bein über Kits, und so saßen sie da, ineinander verkeilt, und aßen flüsternd und lachend vom Teller des anderen. Mal und Dad bedienten den Grill, sonst hätten sie dem Ganzen ein Ende gesetzt. Ich sah, wie Hugo die beiden mit tödlichem Hass anstarrte, und Alex steckte sich die Finger in die Kehle und machte Würggeräusche. Mum sagte, er solle das lassen, und Hope tat so, als würde sie nichts bemerken. Für den Rest von uns war es ein freudloses Essen, das Gefühl von allgemeiner Kameradschaftlichkeit war dahin. Und dann, als ich kurz davor war, aufzustehen und alles in die Küche zurückzubringen, um dem Ganzen zu entkommen, sah mich Kit mit einem so wissenden und selbstironischen Lächeln an, dass ich nicht anders konnte, als ein klein wenig zurückzulächeln.

Sein Spiel, seine Regeln.

# 10

Im Laden war nie viel los, aber mir gefiel das tröpf-
chenweise Erscheinen der Kundschaft: Touristen
vom Zeltplatz weiter unten an der Straße, Reiter,
die auf der Suche nach Pfefferminzbonbons Mist-
spuren hinterließen, Einheimische, die Fertigge-
richte kauften.

»Haben Sie Mozzarella?« Die Frau fragte höflich
und ein wenig unsicher, aber das interessierte Lynn
nicht, die sich nur schwer ein spöttisches Lächeln
verkneifen konnte. »Oder Petersilie?«, fragte die
Frau mit schwindender Hoffnung.

»Heute nicht«, erwiderte Lynn in einem Ton, der
unmissverständlich erklärte *Und auch an keinem
anderen Tag.*

»Entschuldigung«, sagte die Frau. »Vielen Dank.«
Sie wirkte beschämt, dass sie etwas so demütigend
Bürgerliches wie Pizzakäse mochte, und am liebs-
ten hätte ich ihr gesagt, dass der Laden im Nachbar-

ort Mozzarella und Parmesan führte. Und frischen Ricotta und aus Italien importiertes Olivenöl und Spanakopita. Und Petersilie.

Lynn mochte keine Urlauber, obwohl sie mehr Geld ausgaben als die Einheimischen. Ihre andere Teilzeitkraft, Denise, teilte ihre Meinung. Ich befand mich allein im feindlichen Lager, genoss jedoch aufgrund der Tatsache, dass ich eine billigere Arbeitskraft war als jede andere, die sich auf die Anzeige beworben hatte, einen Sonderstatus.

Die meisten Leute, die hereinkamen, Einheimische wie Fremde, kannten mich vom Sehen. *Hallo*, sagten sie. Oder *Tach*. Und Jungs in einem bestimmten Alter fragten fast immer, ob Mattie auch hier sei, außer sie waren Pferdefreaks, die mir dann erzählten, sie hätten Tamsin gesehen.

Natürlich hatten sie Tamsin gesehen. Wenn sie auch nur in der Nähe eines Pferdes gewesen waren, mussten sie gesehen haben, wie Tam eimerweise Wasser schleppte oder Sattel- und Zaumzeug putzte oder Anfänger auf ihren ersten Ausritten am Führstrick begleitete. Es gab immer fünf oder sechs Mädchen in ihrem Alter, deren sexuelle Entwicklung durch Sattelseife gehemmt wurde, weil sie jede wache Stunde der Pferdepflege widmeten.

Wie andere Eltern von pferdenärrischen Mädchen seufzten unsere Eltern nur und zahlten endlos für Ausrüstung und Reitstunden; sie sagten sich, dass Pferde ein netter, sicherer Zeitvertreib war, und sie sich nicht um eine Tochter sorgen mussten, die in einem Auto mit minderjährigen Betrunkenen auf Spritztouren durch die Gegend fuhr.

Diese Einstellung warf bei mir die Frage auf, ob sie sich eigentlich je mit der Pferdewelt beschäftigt hatten.

Vor zwei Sommern, noch vor Tamsins erstem Turnier, ging ich an einem jungen Mädchen vorbei, das den Schwanz seines Ponys bürstete, und noch ehe ich blinzeln konnte, trat es das Mädchen mit beiden beschlagenen Hinterhufen mitten in die Brust. Ich höre immer noch den schrecklichen dumpfen Schlag. Wahrscheinlich waren alle ihre Rippen gebrochen, aber ich erfuhr es nie, weil sie von einem Rettungsflugzeug ins Krankenhaus gebracht wurde. Ein anderes Mal wartete Tam gerade darauf, dass ein Hindernis für sie frei wurde, als der Junge vor ihr falsch anritt, im hohen Bogen vom Pferd geschleudert wurde und in einem elenden Haufen auf dem Boden landete.

In jenem Sommer gab es einen Schienbeinbruch

und eine ausgekugelte Schulter. Es gab Gehirnerschütterungen und Verstauchungen, und ein Reitlehrer bekam von einem neuen Pensionspferd einen Tritt ins Gesicht. Das Personal schien alles mit einem gewissen Maß an freundlicher Gleichgültigkeit hinzunehmen, aber mich entsetzten diese Verletzungen ebenso wie die Größe und die Kraft der Tiere, die von einem Haufen Minderjähriger herumgeführt wurden. Wahrscheinlich wäre Tam bei einer Spritztour auf dem Rücksitz eines klapprigen Corsa sicherer gewesen.

Auf dem Rückweg von der Arbeit machte ich einmal halt am Reitstall und sah, wie Tam am Ende eines langen Tages mit den anderen Pferdemädchen im Büro saß und Tee trank. Ich beneidete sie um ihre Solidarität, ihre endlosen Gespräche über Themen, die niemanden sonst interessierten, ihr Zusammengehörigkeitsgefühl. Tam wirkte immer glücklich.

»Schenk dir die Mühe«, sagte sie zu mir, als ich laut überlegte, vielleicht ein paar Stunden zu nehmen. »Du hast nicht das Zeug dazu.«

*Das Zeug dazu?*

Ich protestierte, aber sie blieb bei ihrem Urteil und hatte ja vielleicht auch recht.

Der Job im Laden gab meiner Woche ein wenig Struktur, und ich wusste das Geld zu schätzen. Ich hatte vor, Kunst zu studieren und von zu Hause auszuziehen, sobald ich mit der Schule fertig war – nicht weil ich meine Eltern besonders hasste, sondern weil ich das Leben mit so vielen verschiedenen Meinungen und so vielen konkurrierenden Ängsten anstrengend fand. Prüfungen, Sex, Körperwahrnehmung, Ernährung, Noten; irgendjemand hatte immer eine Krise. Alles war möglich.

Mal bestellte gerade ein Spanferkel am Telefon, als ich nach Hause kam. Er erklärte uns, dass er schon immer ein Spanferkel wollte. Ich persönlich wollte schon immer ein Celestron Nexstar, ein rechnergesteuertes Teleskop, um in den tiefen Raum zu sehen, aber ein Spanferkel? Er hatte jemanden aufgetrieben, der es für die Hochzeit vorbereiten würde, und jetzt hörte ich leichte Panik in seiner Stimme.

»Könnten Sie bitte einen Moment warten?« Er legte die Hand über die Sprechmuschel und zischte mir zu: »Wollen wir ein Sattelschwein, ein Tamworth oder ein Sandy and Black?«

Ich starrte ihn an. »Du willst auf Bestellung ein Schwein töten lassen? Schweine sind fast so klug wie Menschen.«

Er ging wieder ans Telefon. »Können Sie mir sagen, welches am besten schmeckt?«

Am anderen Ende der Leitung folgte eine lange Erklärung, die Mal mit vielen »Mhm« und »Ach so« kommentierte, und am Ende sagte er, er würde sich wieder melden und legte auf. Ich an seiner Stelle hätte gefragt, welches Schwein am wenigsten menschlich war oder am glücklichsten gelebt hatte.

»Ich hab's mir anders überlegt«, sagte Mal.

»Kein Spanferkel?«

»Kein Spanferkel. Du hast recht. Die Vorstellung ist schrecklich. Vielleicht sollte ich das Schwein kaufen, das sie töten wollten, und es als Haustier behalten. Wäre ich dann ein besserer Mensch? Oder nur ein nerviger Hipster?«

Ich zuckte die Schultern. »Du hast das Richtige getan«, sagte ich. »Lass dich ab jetzt von deinem Gewissen leiten.«

»Wir könnten ihm einen Namen geben und es mit Gomez im Park spazieren führen«, überlegte Mal. »Schweine lernen angeblich schnell. Vielleicht hätte Hope nichts dagegen.«

»Kit wünscht sich ein Hüteschwein.«

Mal seufzte. »Okay. Kein Schwein.«

Hope hatte das Datum für die Hochzeit auf Ende

August festgelegt, früher gab es keinen Termin in der Kapelle.

Kapelle?

»Ich weiß, ich weiß«, sagte Hope. »Wir sind alle nicht besonders fromm, aber wo sollen wir sonst heiraten? Auf einem Fischerboot? Im Dorfteich?«

»Was hältst du vom Strand?«, fragte Malcolm. »Barfuß, und du mit eingeflochtenen Blumen im Haar?«

Hope ignorierte ihn. »Die Kapelle an der Mündung ist perfekt.«

Sie hatte recht. Vor ungefähr eintausend Jahren hatte sie plündernden Wikingern als Aussichtsturm gedient und war erst danach eine Kirche geworden. Ein Aussichtsturm schien weitaus passender für ihren Ehebund.

»Und außerdem ist sie auch schön«, sagte Mum.

Da niemand sonst an diesem Tag heiratete, stand der Termin. Mum pflanzte Gartenwicken für den Hochzeitsstrauß und meinte, wenn wir Glück hätten, gäbe es vielleicht auch noch ein paar Rosen.

Es lag auf der Hand, dass Mum Hopes Hochzeitskleid nähen würde. Nicht dass sie je unsere Kleider machen durfte, aber von der Uniform eines königlichen Leibgardisten mit jeder Menge Goldlitze bis hin zu Ophelia in einem schlichten weißen Gewand konnte sie wirklich alles nähen. Sie und Hope waren im Nebenzimmer und besprachen das Kleid. Das heißt, die meiste Zeit redete Hope, und Mum hörte zu.

Eine halbe Stunde später ging Mum in ihr Atelier und kam, nachdem sie eine Weile herumgewühlt hatte, mit einem dicken, in verblichenem braunem Papier eingewickelten Paket zurück. Es enthielt einen locker gefalteten, blaugrauen französischen Leinenstoff, den sie für einen besonderen Anlass aufbewahrt hatte.

»Der ist wunderschön«, sagte Hope. »Ich werde aussehen wie eine Turteltaube.«

»Eher wie eine Taube«, sagte Alex.

Die Farbe war wirklich wunderschön, wie der Himmel vor Sonnenaufgang, und Hope hielt sich den Stoff unters Kinn, damit wir sehen konnten, wie er ihr stand. Mum zeichnete ein Kleid mit einem Tellerrock, vielen Plisseefalten und U-Ausschnitt. Es war so schlicht und elegant, dass wir alle nur seufzten.

Hope meinte, sie sehe wenigstens nicht aus wie eine verrückte Plastikpuppe, was allerdings aus vielen Gründen unwahrscheinlich war. Sie hatte lange

Beine und eine, wie es immer heißt, frauliche Figur, mit breiten Hüften und üppigem Busen, ganz zu schweigen von ihren großen, Augen und ihrem dicken dunklen Haar. Und sie bewegte sich anmutig, was ganz entscheidend ist, wie Mum sagt.

»Ihr hättet die Sopranistin sehen sollen, die ich mal anziehen musste«, erzählte sie uns. »Sie hatte den Körper eines Engels und ging wie ein Hund mit drei Beinen.«

Alex, Tamsin und ich blieben, um zuzusehen, wie Mum Maß nahm, den Stoff drapierte und dann alles fotografierte. Tam sagte, das Kleid sehe aus wie in *Project Runway* und warum sie nicht auch so eins haben könne, worauf Mum erwiderte: »Weil du vierzehn bist«, und Alex hinzufügte: »Und nach Pferd stinkst«, was in Ordnung war, aber Tam jagte Alex schreiend aus dem Zimmer, und drei Minuten später hörten wir Malcolms Auto, und Mum und ich sahen uns an und dachten beide: *Reitstall*. Wenn Tam sich bei jemandem einschmeichelte, der nicht zur unmittelbaren Familie gehörte wie Mal, schaffte sie es immer, dass sie zu Duke gefahren wurde. Mal sagte, ihn störe das nicht, aber mich störte es schon; mich fuhr niemand zur Arbeit, wenn ich mal schlechte Laune hatte.

Ich war gern bei Hope und Mal und hörte zu, wie sie die Hochzeitsvorbereitungen besprachen. Hope wollte im Garten aufgebockte Tische, geschmückt mit Wildblumen und schlichten Kerzen in Gläsern. Wenn es regnete, müssten wir uns alle ins Haus zwängen, sagte sie, oder einfach mit Regenschirmen draußen bleiben. Wir hatten das schon gemacht, wenn das Abendessen auf dem Tisch stand und es zu regnen anfing und niemand alles wieder ins Haus tragen wollte. »Nur Engländer würden im Freien unter Regenschirmen essen«, sagte Dad, aber wir fanden daran nichts falsch. Der Gedanke, dass es vielleicht ganze Länder gab, die auf gutes Sommerwetter zählen konnten, wäre uns nie in den Sinn gekommen.

Hope kaufte ein Notizbuch und teilte es in Seiten für *Gästeliste*, *Speisekarte*, *Getränke*, *Dekoration* und *technische Einzelheiten* wie etwa die Kapelle ein. In ihrer ordentlichen Handschrift füllte sie die Seiten mit Spiegelstrichen und wehrte sich standhaft gegen Dads Versuche, eine Excel-Datei anzulegen und »um Himmels willen alles sachgemäß zu organisieren«.

Die bevorstehende Hochzeit hatte etwas Tröstliches, eine Bestätigung, dass die viktorianische Gesellschaftsordnung noch nicht ganz gescheitert war; dass es noch möglich war, einen Seelengefährten zu finden und glücklich miteinander bis ans Ende seiner Tage zu leben, so unwahrscheinlich das auch schien.

Hope fragte, ob ich einen Tee wolle, aber ich lehnte ab und ging nach Hause.

In der Küche bearbeitete Alex gerade einen Fledermauszombiefilm auf seinem Laptop. »So sieht man sich wieder«, meinte er.

»Japp.«

»KABLAM!«, schrie er eine Zombiefledermaus an, und ich ging nach oben.

# 11

Ich arbeitete erst ein paar Tage in dem Laden, als Kit seinen ersten Auftritt hatte. Er kam auf Mals uraltem Fahrrad angewackelt, um für Hope eine Packung Reis und Zitronen zu kaufen.

»Das ist also dein Büro«, sagte er.

Ich war eindeutig im Nachteil, denn ich lag ausgestreckt mit meiner Pistole auf dem Boden und reduzierte den Preis der Backwaren vom Vortag.

Einen Moment lang war mir fast übel vor Überraschung. Meine Hände zitterten, und ich war erleichtert, als er seine Aufmerksamkeit Lynn zuwandte, die ihn im Auge behielt, während sie so tat, als würde sie Eierschachteln stapeln.

»Könnten Sie mir bitte zeigen, wo ich Reis finde?« Er gab seine Braver-Junge-Stimme zum Besten, ohne die zweideutigen Untertöne.

Ich beeilte mich, auf die Beine zu kommen, weil mir klar war, dass ich zerknittert und gekrümmt nicht das vorteilhafteste Bild abgab.

»Ich zeig's dir«, sagte Lynn, was eigentlich nicht ihre Art war, und führte ihn zu einem Regal, aus dem sie eine Plastikpackung mit Instantreis holte und sie ihm freundlich lächelnd gab, was auch nicht ihrer gewohnten Art entsprach.

Er nahm den Reis dankbar entgegen, obwohl ich sah, wie er die Regale hinter ihr nach Basmati, Arborio, braunem und Bioreis absuchte.

Nachdem er bezahlt hatte, erschien er neben mir. »Mein Respekt für deine Karriereaussichten ist gewachsen«, flüsterte er ganz nah an meinem Ohr.

»Ja, klar«, sagte ich und zitterte ein wenig, gegen meinen Willen.

»Nein, wirklich«, sagte er, und seine Lippen berührten fast mein Ohr. »Die ganze Atmosphäre hier hat etwas seltsam Erregendes.«

»Hau einfach ab«, sagte ich, aber er war schon fast aus der Tür und grinste.

Lynn und Denise versuchten, so zu tun, als wäre nichts gewesen, aber sie wussten, dass er Florence Goddens Sohn war, außerdem musste man hier nicht der Sohn eines Filmstars sein, wenn man so gut aussah.

»Wie ist er denn so?«, fragte sie, und ich erwiderte nicht, dass er ein Mindfuck war, der mich in den

Träumen verfolgte. Ich zuckte nur irgendwie die Schultern und sagte: »Ganz in Ordnung.«

Was sie nicht halb so sehr zufriedenstellte wie mich.

Nach Kits erstem Besuch rechnete ich jede Sekunde meiner Arbeitszeit mit dem nächsten, aber ich wusste, er würde sich erst wieder blicken lassen, wenn ich nicht mehr mit einem Besuch rechnete und das Warten aufgab.

Die einzige andere interessante Seite meines Jobs war, dass ich mitbekam, wer aus dem Dorf durch die Tür trat und ob der- oder diejenige mit einer Person erschien, die eigentlich nicht zu ihm oder ihr gehörte oder etwas kaufte, wovon er oder sie lieber die Finger lassen sollte. Nach einer Weile konnte ich das ganze Leben der Leute am Inhalt ihres Drahtkorbs ablesen oder an dem, was sie zum Postfenster brachten. Manche Leute gaben ihr gesamtes Wochenbudget für Energydrinks und Süßigkeiten aus. Ein Typ kaufte drei Pizzen am Tag.

Dann war da noch die Poststelle. Alice, die ein Stück weiter an der Straße wohnte, schickte pro Woche durchschnittlich neun Pakete an Asos zurück, wir konnten uns also ausmalen, dass sie kaufsüchtig war, dabei wusste jeder, dass sie sich kaum

Milch leisten konnte. Eine andere Frau sollte eigentlich nach einer strengen Diät leben, weil ihr das Krankenhaus sonst nicht das Magenband bewilligte. Sie kaufte Kohl, Zwiebeln, Karotten und Brot von Weight Watchers, schickte aber kurz vor Ladenschluss ihre Kinder los, um ihre Vorräte an Tortillachips und Schokolade aufzufüllen.

Als ich von der Arbeit nach Hause kam, steckte Mum gerade Fleisch auf Grillspieße. Das Abendessen war immer das große Tagesereignis. Zwischen Sonnenaufgang und Sonnenuntergang war jeder irgendwo am Strand, abends jedoch zog es uns alle zum Essen nach Hause. Man musste sich allerdings hüten; wer auch nur in die Nähe der Küche kam, wurde zum Helfen verdonnert.

Tamsin kam ein paar Minuten nach mir an.

»Schönen Tag gehabt, Liebes?«

Als müsste man sie das fragen.

»Ja, es war toll«, sagte Tam. »Ich bin mit Duke die Querfeldeinstrecke geritten.«

»Irgendwas Interessantes gesehen?«

»Zwei Hasen. Genau an der Stelle, wo ich sie das letzte Mal sah. Einer hat einen fast schwarzen Kopf, deshalb bin ich mir sicher, dass es derselbe war.«

»Hoffentlich warst du vorsichtig.«

»Natürlich.«

Mhm.

Dann kam Alex, warf ein paar Zwiebeln in die Luft und jonglierte ungefähr drei Sekunden, bis sie herunterfielen und auf dem Boden herumrollten.

»Alex!«

»Heute hab ich Pferde gesehen, die ich nicht kannte«, sagte Tam. »Wahrscheinlich ein Reitcamp. Die Zelte stehen hinten auf der Wiese.«

Mum nickte geistesabwesend. »Gib mir bitte die große Platte.«

»Weißt du, dass sie hinter dem Schweinestall Vogelfallen aufstellen?«

»Tatsächlich? Woher weißt du das?«

»Ich reite manchmal dran vorbei.«

Mum sah sie an. »Beim Schweinestall ist ein Reitweg?«

»Na ja, nicht unbedingt ein Reitweg. Ich bin irgendwie versehentlich dahingeraten.«

Pferde hassen Schweine. Das weiß sogar ich.

»Du musst vorsichtig sein. Der Bauer mag es nicht, wenn man über sein Grundstück geht. Besonders auf dem Pferd.« Sie hob eine von Alex' Zwiebeln auf. »Und welche Vogelfallen waren das?«

»Larsen-Fallen. Die aus Draht. Ich habe ein paar Elstern darin herumflattern sehen. Es war schrecklich.«

»Wenn der Wildhüter herausfindet, dass du herumschnüffelst, kriegst du großen Ärger.«

Tamsin reckte ihr Kinn vor. »Ich hab nicht *herumgeschnüffelt*.«

»Na schön. In einer halben Stunde essen wir.«

Doch Tam war noch nicht fertig. »Offenbar picken die Elstern den kleinen Schweinen die Augen aus. Deswegen werden sie gefangen.«

Ich sah Tamsin an. »Bist du sicher? Einen lebenden Augapfel auszupicken scheint mir nicht der einfachste Weg, um an eine Mahlzeit zu kommen.«

Sie zuckte die Schultern. »Sie setzen sich auch auf Schafe und fressen die Maden aus den Wunden. Und wenn die Maden dann verschwunden sind, fressen sie weiter. Das hat Dolly erzählt, und in ihrer Familie sind alle Bauern.«

»Cool«, sagte Alex. »Augen sind bestimmt schön weich. Mmmh, lecker!«

»Du bist ekelhaft«, sagte Tamsin und ging nach oben, um sich umzuziehen. Tam hilft nie in der Küche; eigentlich macht sie gar nichts außer Ponys satteln und absatteln.

Gegen sieben kamen Malcolm und Hope vorbei; sie sahen frisch geduscht aus und brachten eine große Schüssel Salat aus ihrem Garten mit. Gomez trottete ein Stück hinter ihnen her, keuchend wie immer. Gerade als er die beiden einholte, trat er auf eins seiner Ohren und legte einen spektakulären Salto hin. Nach einem leisen Aufjaulen rappelte er sich wieder auf und tapste würdevoll weiter, als wäre nichts Ungehöriges passiert.

Zehn Minuten später erschien Kit, und als das Essen fertig war, fehlten nur noch Tam und Hugo. Ungefähr fünf Minuten, bevor Mum das Essen servierte, kam Tam die Treppe herunter und trug tatsächlich ein Sommerkleid, worauf Alex so tat, als würde er in Ohnmacht fallen. Hugo kam an, als alle Teller gefüllt waren, er war also auf gutem Wege, den Preis als Zuspätkommer des Sommers zu kriegen. Weiter so, Hugo.

»Hallo, Hugo«, sagte ich. Ihn zu grüßen, war fast schon ein Sport geworden.

Er sah mich böse an.

Alle auf meiner Seite der Bank rutschten zusammen, um Platz zu machen, und plötzlich saß ich eingezwängt neben Kit.

»Du riechst köstlich«, flüsterte er.

»Danke«, flüsterte ich zurück. »Du riechst wie ein Tintenfisch.«

Kit lachte. Mattie erdolchte mich mit ihrem Blick. Hugo, der neben ihr saß, wirkte schlaff und fühlte sich offenbar unwohl. Hope behauptete, er sehe besser aus, als alle dachten, allerdings noch nicht jetzt, fügte sie hinzu, vielleicht in ein paar Jahren. Auch ich erkannte die Godden'schen Wangenknochen, das schöne Kinn und die großen gräulichen Augen. Seine schwermütige Miene war nicht unbedingt verlockend – und trotzdem, da war irgendwas. Er ertappte mich dabei, wie ich ihn ansah, und schaute weg.

Dad holte noch ein Weinglas und schenkte Hope, Malcolm und Kit nach.

»Schön, dass wir es alle geschafft haben«, sagte Malcolm mit Blick auf die Kinder. »Offenbar hatten alle einen guten Tag. Keiner ist ertrunken, hat sich ein Bein gebrochen, wurde tödlich oder fast tödlich verletzt.« Er hob sein Glas, um auf das Überleben anzustoßen. »Und was ist mit dir, Mal? Hattest du einen guten Tag? Aber ja, den hatte ich in der Tat, vielen Dank der Nachfrage. Einen sehr guten Tag sogar.«

»Könntest du den Salat weiterreichen?« Alex an Dad gewandt.

»Bitte.«

»*Bitte.*«

»Ich danke euch allen, allen außer Alex, für eure Aufmerksamkeit. Neben der laufenden Verehelichung mit meiner Geliebten habe ich heute noch einen Grund zu feiern. Meine Agentin hat angerufen und mir verkündet, dass man mir angeboten hat, den Hamlet im Rose Theatre zu spielen.« Er machte eine schwungvolle Handbewegung und verbeugte sich, worauf alle lautstark applaudierten. »Ich werde bald nicht nur ein verheirateter Mann sein, sondern in Zukunft nur noch auf *Ihre Königliche Hoheit der Prinz von Dänemark* reagieren. Ich frage euch: Kann das Leben noch besser werden?«

»Schön, dass du nach der Hochzeit noch etwas hast, worauf du dich freuen kannst, damit du nicht depressiv wirst«, sagte Alex, und Mum sah ihn böse an.

»Wow«, sagte Kit. »Ich möchte irgendwann den Hamlet im Globe Theatre spielen. Das wäre grandios.« Er sah Mal an. »Aber das Rose ist auch nicht übel.«

»Vielen Dank.«

Auf Tamsins Gesicht trat das blanke Entsetzen.

»Moment. Heißt das, du musst den ganzen Text auswendig lernen?«

»Nein«, sagte Alex und neigte sich dicht an Tams Gesicht. »Er schreibt ihn sich auf den Arm.«

Mal drückte Alex auf seinen Platz zurück. »Viertausend Zeilen. Wenigstens einer von euch Novizen begreift, dass es nicht nur darum geht, in Strumpfhosen auf der Bühne herumzuscharwenzeln.«

Kit hob sein Glas. »Auf *Hamlet*«, sagte er, und alle stießen an. »Trotz all der harten Arbeit und Mals fortgeschrittenem Alter.«

»Einunddreißig, Kumpel. Im Grunde das perfekte Alter. Kannst du nachschlagen.«

Kit hob eine Augenbraue. Hugo wirkte gelangweilt.

»Ich hatte *Hamlet* in der Schule«, sagte Kit. »Es war schrecklich. Jugendliche Angst im Heim der ewig Schwebenden.«

»Der was?« Hope runzelte die Stirn. »Der ewig was?«

»Schwebenden«, erwiderte Kit. »In meiner Schule ging es nur ums Schweben. Die Mädchen schwebten in dünnen Hängerchen in Kurse für Dichtung und dramatische Monologe. Die Jungs schwebten hinter ihnen her. Und die Lehrer schwebten mit ihnen, um sicherzustellen, dass niemand in Drogensucht oder Teenagerschwangerschaft entschwebt.«

Alex kicherte. Mum griff über den Tisch und nahm ihm das Glas weg.

Kit stand auf. »Das lief in etwa so«, sagte er und ging den Weg entlang, glitt dahin, den Kopf nach hinten geneigt, todernste Miene. Dann vollführte er eine perfekte Laufstegdrehung und schwebte mit leicht flatternden Händen zurück.

»Hervorragendes Schweben«, sagte Malcolm. »Und ich habe weiß Gott schon einige schweben sehen.«

Hope sah ihn an. »Ich schwebe nicht.«

»Auf keinen Fall.« Mum wandte sich wieder Kit zu. »Aber willst du nicht auf die Schauspielschule?«

Kit zuckte die Schultern. »Was soll ich denn sonst machen? An die Wall Street gehen? Zu den Marines? In meiner Familie hat noch nie jemand etwas Nützliches gemacht.«

Tamsin war noch immer fassungslos ob der irrsinnigen Textmenge bei Shakespeare. »Hast du wirklich das ganze Stück auswendig gelernt?«

»*Hamlet*? Es war eine gekürzte Fassung. Aber auch gekürzt ist es noch viel zu lang.«

»Du wirst es weit bringen«, sagte Mal schnaubend. »Vielleicht könntest du in einer Pantomimenversion die Hauptrolle spielen.«

Die Sonne war endgültig hinter dem Horizont versunken, und außer ein paar rosafarbenen und hellroten Streifen im Westen war es fast dunkel. Gänseblümchen und weiße Nachtnelken fingen die letzten Lichtflecken ein und schimmerten im hohen Gras wie winzige Leuchtfeuer.

Dad verschwand ins Haus und kam mit zwei Laternen zurück. Er brauchte vier Anläufe, um die Kerzen anzuzünden, doch dann flackerten sie gelb in ihren Glashüllen und ließen alle näher zusammenrücken.

Auf der anderen Seite von Kit lehnte Mattie entrückt und mit verträumtem Blick an seiner Schulter.

Malcolm nahm Mum die Weinflasche ab, mühte sich kurz mit dem Korkenzieher und bot sie dann, ausgenommen Alex, in der Runde an.

Die Nacht senkte sich über uns, und ein paar blasse Sterne gingen auf.

»Schaut euch den Mond an«, sagte Mum, und wir drehten uns alle um und beobachteten, wie er stumm am Horizont entlangsegelte.

»Abnehmender Dreiviertelmond«, sagte Hugo

leise, und ich sah ihn kurz an. Zufällig hatte er wirklich recht.

Wir saßen ewig da, unterhielten uns aneinandergekauert über Dinge, an die sich hinterher niemand mehr erinnerte. Hope saß an Malcolm gelehnt da, Alex lag lächelnd auf dem Boden, Tam war mit dem Kopf an Mums Schulter halb eingeschlafen, und Gomez stieß hin und wieder ein schnüffelndes, träumerisches *Wuff* aus. Kit und Mattie steckten ihre goldenen Köpfe zusammen und murmelten etwas, was wir nicht verstanden. Mum und Hope besprachen das Essen für die Hochzeit, und Dad und Malcolm unterhielten sich über ihre jährliche Segeltour um die Landspitze und die Mündung hoch. Die große Segeltour dauerte immer einen ganzen Tag, doch genau dafür war der Sommer da.

Schließlich stand Hope auf. »Ich geh nach Hause. Macht bloß keinen Krach, wenn ihr zurückkommt. Wer geht morgen früh schwimmen?«

»Ich«, sagte Dad.

»Ich schließe mich an«, sagte Mum.

»Dann gute Nacht.« Hope verschwand in der Dunkelheit, gefolgt vom leisen Klimpern von Gomez' Erkennungsmarke.

Alex kroch zum Tisch herüber und kam langsam auf die Beine.

»Will irgendwer Karten spielen?« Er zog ein Spiel hervor und fing an, im Kerzenlicht auszuteilen.

»Ich bin dabei«, sagte Tam. »Kit?«

Kit lehnte sich zurück, so dass sein Stuhl nur noch auf zwei Beinen balancierte, beugte sich vor und klopfte auf den Tisch.

Mattie seufzte. »Na gut.«

»Hugo?«

Doch Hugo war schon aufgestanden. Ohne ein Wort ging er zum Rand der Terrasse und trat im Vorbeigehen an Kits Stuhl. Der Stuhl verlor das Gleichgewicht, und Kit flog eindrucksvoll rückwärts von der Terrasse, während Hugo in der Nacht davonschlenderte. Mattie schrie auf und rannte zu Kit, der jedoch lachend aufstand und Gras aus seinem Haar strich.

»Mein Bruder ist ein Arsch«, flüsterte er Mattie zu, allerdings so laut, dass wir alle es hörten.

Als ich eine Stunde später vom Tisch aufstand, war das Spiel noch immer in vollem Gang. Kit gewann mit fast jedem Blatt, und Alex, Mattie und Tam lachten hemmungslos, während ich die Leiter zum Turm hochkletterte. Da der Himmel sich bewölkt hatte und es nicht viel zu sehen gab, richtete ich das Teleskop nach unten auf den Tisch mit den flackernden Laternen, schwenkte fünfundvierzig Grad zur Seite in Richtung Meer und sah zwei Augen, die direkt zu mir in die Teleskoplinse starrten.

Ich zog mich erschrocken zurück. Hugo. Irgendwie konnte er mich unmöglich in dem dunklen Turm sehen, aber ich war so schockiert, dass er zu mir hochgesehen hatte, dass ich das Teleskop fallen ließ und die Leiter hinunterkletterte. Ich stand ein Stück vom Fenster entfernt und schaute hinaus, entdeckte aber keine Spur von ihm.

Die Spielerrunde löste sich schließlich auf, und alle wünschten sich eine gute Nacht, nur Mum und Mal unterhielten sich noch weiter. Im Schutz der Dunkelheit schlich ich leise aus der Hintertür, ging hinunter ans Wasser und streckte mich auf dem Sand aus. Ich blickte in den Himmel und dachte an Swift-Tuttle, den Kometen auf seiner hundertdreißig Jahre währenden Umlaufbahn um die Sonne. Seit Jahrhunderten hatten Astronomen eine Kollision mit der Erde vorhergesagt, mächtiger als die Wucht einer Atombombe – groß genug, um jedes menschliche Leben auszulöschen. Es ist nicht passiert. Stattdessen kreuzte die Erde unbeschadet die

Trümmer im Meteorstrom des Kometen und verursachte Tausende von Sternschnuppen. Chinesischen Aufzeichnungen zufolge wurde er schon vor zweitausend Jahren gesichtet.

Wie ist es möglich, überlegte ich, dass man seine Uhr danach stellen kann, wann die Erde den Schweif der Umlaufbahn eines Kometen kreuzt? Wie die Zeiger einer fortwährend laufenden Uhr, die sich ewig weiterdrehen. Die Vorstellung verlieh mir ein besseres Gefühl, was das Leben auf der Erde und die beruhigende Ordnung der Dinge anging: Sommer, Herbst, Winter, Frühling; Geburt, Wachstum, Tod.

Es war eine warme Nacht. Ich drehte mich um, beobachtete im Liegen die gleichmäßige Meeresdünung und lauschte dem Läuten der Boje, als Kit und Mattie ungefähr fünfzehn Meter zu meiner Rechten aus dem Nichts erschienen. Ich blieb ganz still im Dunkeln liegen und ärgerte mich, dass die beiden die Ruhe störten.

Eine Zeitlang saßen sie am Ufer, unterhielten sich und warfen Steine ins Meer, und dann sprang Mattie auf, zog ihr Kleid über den Kopf, ihr bleicher Körper war selbst im Dunkeln sichtbar. Mit ausgestreckten Armen stand sie aufrecht da, wunderschön und leicht schimmernd, dann rannte sie ins Wasser und rief nach Kit, der, wie ich fand, etwas zu lange zögerte und der Einladung offenbar nicht hellauf begeistert folgte. Schließlich stand er auf, knöpfte langsam sein Hemd auf, dann seine Jeans, zog beides aus und ging ruhig ins Wasser. Ich hielt die Luft an. Mattie stand mit dem Rücken zu ihm, und schließlich stürzte er sich, wie zu erwarten war, in die Wellen und tauchte neben ihr wieder auf. Ich sah, wie sie die Köpfe aneinanderlegten, sich umarmten und küssten.

Ich beobachtete sie eine Weile, maßlos eifersüchtig, denn gibt es etwas Romantischeres, als sich in einer warmen Sommernacht im Meer zu küssen?

Je länger ich blieb, umso mehr befürchtete ich, der Mond könnte hinter den Wolken hervorkommen und offenbaren, dass ich herumspionierte, wenn auch völlig unabsichtlich, und so ging ich, während die beiden anderweitig beschäftigt waren, zurück zum Haus.

Mum und Mal saßen noch immer draußen und unterhielten sich leise, zwischen ihnen die flackernden Laternen.

»Hey, Schatz, wo warst du denn? Wir dachten, Kit und Mattie wären bei dir.«

»Unten am Wasser«, erwiderte ich und dann: »Waren sie nicht.«

»Vielleicht sind sie bei Hugo?« Mum runzelte die Stirn. »Sind sie nicht alle ins Haus gegangen?«

Von wegen.

»Egal«, sagte Malcolm. »Sie sind jung, lass sie ruhig. Wir waren auch mal jung, oder?«

»Kann mich nicht mehr erinnern«, sagte Mum und gähnte. »Ich glaube, ich geh ins Bett.« Sie schaute auf die Uhr. »Falls du Mattie siehst, sag ihr, sie soll nach Hause kommen.«

Mal schenkte sich den Rest der Flasche in sein Glas und winkte ihr zum Abschied. Ich blieb noch einen Augenblick, und Mal sah mich fragend an.

»Da ist nichts zu sehen«, sagte ich.

»Alles in Ordnung mit dir?«

Ich zögerte. »Ja, alles bestens«, antwortete ich schließlich. Und ging nach oben ins Bett.

Ich weiß nicht, wann Mattie nach Hause kam. Mum sagte, sie sei um vier Uhr aufgewacht, ins Gartenhaus gegangen, um nachzusehen, und habe sie tief schlafend im Bett vorgefunden, eingepackt in ihr Blümchennachthemd, heil und sicher.

Als Mattie gegen Mittag auftauchte, sah sie rundherum glücklich aus. In einer normalen Romanze wäre an dieser Stelle der unsichere, beängstigende Abschnitt der Geschichte (der *Werden-sie-werden-sie-nicht*-Cliffhanger) zu Ende gewesen. In dieser Geschichte fing er gerade erst an.

Später am Tag holte ich Gomez von Hope ab, um einen Spaziergang am Deich entlang zu machen. Niemand war zu sehen, und Hope sagte: »Mal lernt seinen Text. Der Arme, er ist dann so schlecht gelaunt.«

Ich hätte um nichts auf der Welt ein ganzes Shakespeare-Stück auswendig lernen können und konnte mir nicht vorstellen, wie irgendwer das schaffte.

Ich spähte aus dem Fenster und sah, wie Mal am anderen Ende des Gartens auf und ab ging, immer wieder, und begleitet von schwungvollen Armbewegungen seinen Text deklamierte. Ich erinnere mich, dass er einmal erzählte, wie ihn manchmal beim Textlernen ein Moment überkam, in dem ihm urplötzlich klar wurde, wer die von ihm dargestellte Figur wirklich war und was sie auszudrücken versuchte.

Was Hamlet anging, hatte das mit Sicherheit schon jemand herausgefunden.

# 12

Mal führte Gomez nicht mehr jeden Morgen aus, und so übernahm ich die Aufgabe. Gomez begrüßte mich träge, hob den Kopf ein wenig von seinem Bett und ließ ihn dann wieder sinken, nachdem er kurz nach essbaren Gaben Ausschau gehalten hatte. Während ich mit Hope plauderte und eine Scheibe Toast aß, war er schon wieder fest eingeschlafen, und es schien schade, ihn zu wecken, aber ich tat es trotzdem, rief seinen Namen und streichelte seine Ohren, bis er ein Auge öffnete, dann das andere, sich auf den Vorderbeinen aufrollte und den Rest hinten hochhievte. Das Leben eines Basset war ein geräuschvolles, mühseliges, wellenschlagendes Dasein; unwiderstehlich für Zuschauer.

Hope beobachtete ihn, die Hände auf den Hüften. »Ich glaube, wenn Mal mit einem Filmsternchen durchbrennt, werde ich mir einen netten, schnittigen kleinen Windhund zulegen«, sagte sie. Und dann kniete sie sich hin, kraulte ihm die Ohren und sagte: »Du bist ein sehr dummer Hund, Gomez.«

»Er ist nicht dumm, er ist majestätisch.«

»Mit so kurzen Beinen kann man nur begrenzt majestätisch sein.«

»Los, komm, Gomez«, sagte ich. »Hier weiß man uns nicht zu schätzen.« Er folgte mir brummend.

Ich ging am Strand entlang, und Gomez trottete behäbig hinter mir her. Mum, Mattie und eine widerwillige Tam waren in der Stadt, um Brautjungfernkleider zu kaufen; sie hatten vor, dort mittags essen zu gehen. Dad war in London, Hugo und Kit waren weiß Gott wo. Jedenfalls nicht zusammen, so viel stand fest.

Gomez und ich schlugen den Fußweg landeinwärts ein und stapften die Böschung parallel zum Meer entlang. Da die Sonne allmählich brannte und ich mich dösig und benommen fühlte, rief ich Gomez zurück, der wahrscheinlich irgendwo an einem alten Kaninchenloch herumschnüffelte, rutschte die halbe Böschung hinunter, klopfte eine Stelle im Gras flach und legte mich hin.

Das Gras war hoch, man konnte uns also nur sehen, wenn man die Böschung an exakt derselben Stelle verließ; die heiße Sonne wärmte den Boden, und der kalte Wind vom Meer wehte genau über mich hinweg. Gomez drehte sich dreimal im Kreis, legte sich hin, rollte zur Seite und machte sofort die Augen zu. Er war kein großer Hund, aber sein langer Körper wärmte angenehm meine rechte Seite. Mit zusammengekniffenen Augen blickte ich eine Weile aufs Meer, dann schloss ich sie und lauschte in seliger Schläfrigkeit den Austernfischern und Seeschwalben und dem Rauschen der sich zurückziehenden Wellen.

»Hey.«

Die Stimme kam von direkt über mir. Ich setzte mich halb auf und blinzelte in die Sonne, um zu sehen, wer es war, doch bevor ich ihn erkannte, hatte er sich schon neben mich gesetzt.

»Ich hab Gomez schnarchen hören«, sagte Kit. »Erst dachte ich, ich halluziniere, aber dann habe ich das platte Gras gesehen. Perfektes Plätzchen. Was dagegen, wenn ich mich zu dir geselle?«

»Hast du doch schon.«

»Stimmt.« Er lachte und streckte sich aus, die Hände hinterm Kopf verschränkt, Beine übereinandergeschlagen, ein Fuß berührte meinen, zufällig oder nicht. »Du magst Verstecke, oder? Immer leicht außer Sichtweite.«

Ich sah ihn an, doch er blickte direkt in den Himmel. Gomez hatte wieder die Augen geschlossen und schlug geistesabwesend mit dem Schwanz.

Kit atmete aus. »Schönes Fleckchen. Ruhig.«

»Jedenfalls bis vor kurzem.«

Er öffnete ein Auge und grinste. »Wenn du willst, geh ich wieder.«

Ich wollte nicht, dass er ging. Er war träge und selbstbewusst und gab mir das Gefühl, dass er einige Mühe auf sich genommen hatte, um mich zu finden. Und ich bin nicht ganz unempfänglich für Schmeicheleien. Eigentlich überhaupt nicht.

»Also«, sagte ich nach einer Weile. »Du und Mattie.«

Er lachte. »Was hat sie dir erzählt?«

»Mir erzählt? Im Ernst?«

»Schon gut.« Er dachte kurz nach. »Ist es so offensichtlich?«

»Meinen Eltern ist es noch nicht aufgefallen, aber das heißt nicht, dass es nicht offensichtlich ist.«

Darüber musste er lachen.

»Magst du Mattie denn überhaupt?«

»Ja, klar«, sagte er stirnrunzelnd. »Wie könnte ich nicht?«

Wo sollte ich anfangen?

Er drehte sich zu mir und musterte mich eindringlich. »Du unterschätzt sie«, sagte er. »Sie ist intelligent, ehrgeizig, schön …« Er stieß mich sachte mit dem Fuß an. »Aber nur weil sie deine Schwester ist.«

Ich will nur deine Absichten ergründen, Kit Godden. Passt sie wirklich zu dir?

»Du glaubst mir nicht«, sagte er. »Du hältst mich für einen Spieler.«

»Ich weiß nicht, was du bist«, sagte ich, was auch stimmte. »Und es ist mir auch egal.« Was nicht stimmte.

Er schloss die Augen, und die Sonne fiel auf seine zart gewölbte Stirn. Ihn anzusehen war, als betrachte man ein Prisma; aus jedem Winkel sah man etwas anderes. Das einzig Gewisse war, dass man sich an ihm nicht sattsehen konnte. Es war ein bisschen das Mattie-Syndrom: Er wollte angesehen werden und setzte alles daran, dass er die Blicke auf sich zog. Mich erinnerte das an fleischfressende Pflanzen, die ein wunderbares Aroma verströmen oder leuchtende Farben zeigen, um ihre Beute anzulocken. Er sah gut aus. Er roch gut. Ich gierte danach, seinen Arm zu lecken.

Wir schwiegen beide ziemlich lange, und ich

ging davon aus, dass unsere Unterhaltung beendet war. Doch gerade als meine Gedanken wieder abschweiften, sagte er ganz leise und ohne die Augen zu öffnen: »Was nicht heißt, dass ich dich nicht unglaublich finde.«

Meine Augen flogen auf.

»Das stimmt zufällig.«

Entzückung und Empörung. »Also doch, du bist ein Spieler.«

»Wie du meinst.« Kit gähnte, streckte die Arme über den Kopf und lächelte. »Was aber nicht heißt, dass ich dich nicht unglaublich finde.«

Normalerweise vertraue ich meinen Instinkten, obwohl sie nicht immer richtigliegen. Ich überprüfe, ob meine Finger unruhig sind, ob mein Nacken kitzelt, ich spüre, wie sich alles in mir sträubt, wenn etwas nach Gefahr riecht. Oder wenn ich mich geschmeichelt, besonders und durch und durch wohlfühle.

Und in diesem Moment fühlte ich mich geschmeichelt, besonders und durch und durch wohl. Während irgendwo in der Ferne ein rotes Licht blinkte.

# 13

»Hat irgendwer Hugo gesehen?« Mal hatte ein schlechtes Gewissen, genau wie wir alle, weil er Godden dem Jüngeren so wenig Beachtung geschenkt hatte. Gerechterweise muss man sagen, dass es nicht nur an fehlenden Versuchen lag.

*Hast du Lust, Schach zu spielen, Hugo? Hast du Lust, schwimmen zu gehen? In den Laden mitzukommen? Wie wär's mit einem Spaziergang? Willst du beim Abendessen helfen? Möchtest du ein Buch lesen? Ist ein gutes Buch, könnte dir gefallen.*

Die Antwort war nie ja, und jeder Mensch kann nur ein gewisses Maß an Ablehnung ertragen.

»Nein, danke«, sagte er meistens, oder nur: »Nö«, oder gar nichts, manchmal begleitet von einem Kopfschütteln, als wäre er allergisch gegen sozialen Kontakt, allergisch gegen Spaß, allergisch gegen uns.

Mattie vertrat die Ansicht, dass er sozial inkompetent und nicht kontaktfreudig war, dass er zu hochnäsig und ein ziemlicher Freak war, und wie schade es doch war, dass Kit und Hugo zusammengehörten. Wobei wir alle wussten, woher sie ihre Meinung bezog. Mum und Hope behaupteten, er sei einfach nur schüchtern. Dad ging den Jungs-Weg, wählte den *Nicht-mitkriegen-was-sich-vor-meiner-Nase-abspielt*-Ansatz.

»Hugo?«, sagte er. »Scheint nett zu sein.«

M-hm.

Das Verhältnis zwischen den Brüdern irritierte mich. Wir vier stritten uns erbittert, aber nur wegen banaler Sachen – wem was gehörte, Essen, Aufmerksamkeit. Hugo und Kit schienen sich aufrichtig zu hassen, auch wenn Kit sich darüber lustig machte. Hugo nicht. Sobald Kit das Zimmer betrat, stand Hugo auf und ging.

Manchmal beobachtete ich Hugo, wenn er in Sichtweite war, aber da war nicht viel zu sehen. Manchmal ging er hinunter ans Wasser. Manchmal ging er sogar hinein. Manchmal saß er mit einem Buch am Rand der Terrasse. Manchmal lag er einfach auf dem Rücken im Sand und machte gar nichts. Die meiste Zeit war er nicht zu sehen. Tarnmantel der Unsichtbarkeit. Anderes Strandende. Hier gab es so viele Möglichkeiten, sich den Blicken der anderen zu entziehen. Hugo interessierte mich nicht genug, um stundenlang darüber nachzudenken, wo er war oder was er den ganzen Tag trieb.

Ich versuchte, ein Bild von Gomez zu malen, wie er im Gras schlief; den Hund wählte ich als Modell, weil er das einzige lebende Subjekt war, das höchstwahrscheinlich für längere Zeit stillhielt. Ich zeichnete schon seit Ewigkeiten so konzentriert, dass ich nicht merkte, dass nur drei Meter neben mir jemand saß.

Er räusperte sich, und ich sah hoch.

»Na?«, sagte Hugo.

»Na *was*?« Er war einfach verdammt komisch.

»Du hast eine merkwürdige Art, auf deine Schwester aufzupassen.«

»Wovon redest du?«

»Ich rede von der Tatsache, dass du es dir mit meinem Bruder ziemlich gemütlich machst.«

»Stimmt überhaupt nicht.«

Er sah mich an und schnaubte verächtlich.

Ich wollte darüber nicht mit ihm reden. »Wir sind Freunde.«

»Freunde?« Er lachte leicht freudlos. »Kit hat keine Freunde. Er hat Sex.«

»Aber nicht mit mir.«

Hugo zuckte nur die Schultern.

»Du kennst mich doch gar nicht.«

»Stimmt.« Er schüttelte den Kopf. »Muss ich auch nicht.«

Ging es hier um Geschwisterrivalität? War Hugo eifersüchtig auf seinen Bruder … auf alles, was er hatte? Ich konnte es ihm nicht verübeln. Wäre ich auch.

»Was machst du eigentlich hier?«

»Ich zeichne, wie du Gomez zeichnest«, erwiderte er, und ich sah, dass er einen kleinen Zeichenblock und einen Füller hatte. Ich dachte: *Welcher Idiot zeichnet heute noch mit Füller?*

»Zeig mal.« Ich streckte die Hand aus, unhöflich, abrupt und war überrascht, als er, ohne zu zögern, einfach zu mir kam und mir die aufgeschlagene Seite reichte. Die Zeichnung war kritzelig und exzentrisch, aber auch lustig und präzise.

»Ich wusste gar nicht, dass du zeichnen kannst.« Je länger ich die kleine Zeichnung betrachtete, umso mehr entdeckte ich in ihr. Irgendwie machte mich das wütend. »Ich kann nicht so zeichnen.«

Er zuckte wieder die Schultern. »Man zeichnet, wie man zeichnet.«

Ich blätterte den Rest des Skizzenbuchs durch. Da waren Porträts von uns allen – sofort erkennbare Bilder, die einen zugleich lachen und zusammenzucken ließen. Und winzige Landschaften mit überraschenden Details: eine fliegende Schildkröte, ein obszönes Fossil.

»Oh.« Ich fühlte mich auf dem falschen Fuß erwischt, was das Thema Talent anging, und war wütend, dass er es bisher nicht für nötig gehalten hatte, es uns zu zeigen. Während ich herumlief, mit meinem Zeichnen protzte und allen erzählte, dass ich Kunst studieren will, taucht er einfach mit einem Notizbuch voller ungewöhnlicher Bilder auf. Mit Füller gezeichnet.

»Das sieht dir ähnlich«, sagte ich.

Er wirkte ehrlich überrascht. »Was?«

»Du hast uns nicht erzählt, dass du zeichnest.«

Er starrte mich an. »Ihr habt nicht gefragt.«

»Du weißt genau, was ich meine.«

»Nein«, sagte er. »Weiß ich nicht.« Er betrachtete kurz seine Hände, und ich sah verwundert, dass sie zitterten. Seine Miene konnte ich nicht deuten, was wenig überraschte, weil ich seine Miene nie deuten konnte.

»Hab ich dich irgendwie beleidigt?«, fragte er

schließlich. »Gegenüber allen anderen verhältst du dich ziemlich normal.«

»Mich beleidigt? Um genau zu sein, ja. Hast du. Du bist nicht gern hier. Du redest mit keinem. Du schleichst herum …«

»*Schleichen!*«

»Ja, *schleichen.* Als wärst du lieber im Todestrakt. Selbst Hope und Mal magst du nicht. Dabei wollen wir nur einen schönen Sommer verbringen. Du bist wie die verdammte Schlange im Garten Eden.«

Er sah mich entgeistert an, war empört. »Ich bin die Schlange? Na, toll. Wahrscheinlich wäre es euch allen lieber, wenn ich eher wie mein Bruder wäre.«

»Das will ich nicht behaupten.«

»Wie überaus nett.« Seine Stimme war eisig. Er stand auf, riss mir sein Skizzenbuch aus der Hand und stürmte davon. Vor Verzweiflung und Wut hätte ich am liebsten mit dem Fuß aufgestampft. Ich war noch nie jemandem begegnet, der mich so zur Weißglut brachte.

Ich lief hinter ihm her. »Warum bist du eigentlich so ungern hier? Du warst schon nicht gern hier, bevor dein Bruder sich Mattie geangelt hat.«

Er wirkte schockiert. »Ich hab nichts gegen Mattie. Sie ist in Ordnung.«

Einen Moment lang dachte ich, er bricht gleich in Tränen aus. Wir zitterten beide vor Aufregung. Keiner wusste, was er sagen sollte.

»Hör zu«, sagte ich schließlich. »Vergessen wir das Ganze einfach.«

Er schüttelte den Kopf.

»Wir könnten zusammen zeichnen.«

»Genau das hab ich heute getan.«

O verdammt. »Dann ein andermal.«

»Ich weiß nicht.« Er senkte den Blick.

Wir standen schweigend da. Hugo wurde rot und blinzelte Tränen zurück.

»Machen wir einen Spaziergang.«

Er zögerte.

»Los, komm«, sagte ich, und als er sich nicht rührte, griff ich nach seinem Arm.

Er zuckte heftig zurück. »Grapsch mich nicht an!«

»Tut mir leid, Hugo. Mir war nicht klar, dass du nicht angefasst werden willst.«

»Gegen Anfassen habe ich nichts.« Er schrie fast. »Aber ich will nicht begrapscht werden.«

Gut. In Ordnung. Ein Spaziergang durch ein Minenfeld, genau das bist du, Hugo.

Wir gingen schweigend zu den Salzmarschen

hoch. Es war so still, dass man die schlagenden Flügel der Wasservögel hören konnte, wenn sie über uns hinwegflogen. Ein Kilometer. Eineinhalb Kilometer. Die Spannung löste sich auf, und was blieb, war das leise Schwappen des Wassers, das Zwitschern der Vögel und das gelegentliche schwache Summen von Stimmen in der Ferne.

»Wie findest du es hier?«

Es war eine schöne Stelle, gesäumt von Schilf und Wolken. Eine Seeschwalbe flatterte über uns. Ich setzte mich, und Hugo folgte meinem Beispiel, ließ ein bisschen Abstand zwischen uns. Draußen auf dem Meer zog ein Regensturm von uns weg.

Wir zeichneten eine Weile.

»*Pssst!*«, machte es plötzlich.

Hugo hielt eine Zeichnung hoch, kaum mehr als ein paar Linien, und als ich genauer hinschaute, sah ich, dass er mich gezeichnet hatte, wie ich im Schilf saß. Ein langer Pfeil zeigte von meinem tintenschwarzen Herz in Richtung eines winzigen Vogels mit verschwommenen Flügeln.

Ich blickte von der Zeichnung in sein Gesicht, doch die Sonne stand hinter ihm, ich konnte seine Augen nicht sehen. Eine kurze Sekunde lang, schnell wie ein Blinzeln, spürte ich ein leises ziehendes Verlangen. Ich sah, wie er sich zurückhielt und wartete.

Wenn man ihn beobachtete, löste er sich auf wie Rauch.

In dieser Nacht schlief ich nicht gut. Ich musste ständig an Hugos Zeichnungen denken. Subtil, lustig, einfühlsam.

Aber wer verbarg sich hinter der Person, die sie gezeichnet hatte?

# 14

Mattie surfte auf einer Welle seligen Glücks. Nach ihrem ersten mitternächtlichen Schwimmen mit Kit waren die beiden ungefähr eine Woche lang unzertrennlich. Sie gingen zusammen überallhin, saßen bei den Mahlzeiten eng aneinandergepresst, hielten Händchen, während sie lasen oder aßen, und gingen allen anderen auf die Nerven.

Ich verbrachte in diesem Sommer viel Zeit damit, Mattie und Kit zu beobachten. Dazu muss man wissen, dass es am Meer nicht allzu viel zu tun gibt und der Sommer nicht unbedingt hektisch verläuft. Da ich Mattie schon ihr ganzes Leben lang kannte, wusste ich genau, was sie dachte: *Kit Godden will, dass ich seine Freundin bin. Wenn wir in den Dreißigern sind und ich als Mikrobiologin ein Heilmittel gegen Kinderkrebs entdecke, wird er im Harold Pinter Theatre im Westend die Hauptrolle in einem Stück spielen, und wir werden das interessanteste Paar sein, das alle kennen.*

Sie tat mir ein bisschen leid, was mir bei Mattie nur selten passiert. Ich konnte es mir nur schwer erklären, aber vielleicht wusste ich, dass sie und Kit nicht nach denselben Regeln spielten.

Und vielleicht war ich auch eifersüchtig.

Mattie und Tamsin stolzierten in ihren neuen Brautjungfernkleidern am Strand entlang, obwohl Mum ihnen gesagt hatte, es bringe Ärger, wenn man sie vor dem großen Tag tragen würde. In ihren identischen weißen Kleidern im Ballerinastil, schulterfrei mit steifem Tüllrock – nicht gerade Mums Vorstellung von elegant – sahen sie schicker aus als Hope. Tams Oberteil musste abgenäht werden, damit es nicht runterrutschte; und da war nicht viel, was es oben hielt. Ich rechnete es Mum hoch an, dass sie die Kleider gekauft hatte. Sie hätte an einem Wochenende auf die Schnelle etwas viel Schöneres nähen können, das nur ein Zehntel so viel gekostet hätte, aber so waren die beiden glücklicher.

Beim Abendessen flüsterte Kit Mattie etwas ins Ohr, worauf sie ihn in gespieltem Protest wegschob, aber er hatte schon seine Finger in den Bund ihrer Shorts gesteckt, und als seine Hand ganz darin verschwand, schrie sie auf.

»Nicht am Tisch«, sagte Mal angewidert.

Alex musste fast würgen. »Es ist so weit«, sagte er. »Ich wusste es ja. Der Sommer der Zungen.«

»Beruhige dich, mein Junge«, sagte Mal. »Wenn sie die öffentliche Zurschaustellung ihrer Zuneigung nicht unterlassen, werde ich sie mit einer Lanze durchbohren. Du kannst mir assistieren.«

Nach dem Abendessen lagen sie verknäuelt auf dem Sofa oder man stolperte am Strand über sie oder fand sie zusammengezwängt in der Hängematte vor, in die man sich selbst eben legen wollte. Da waren sie, von Kopf bis Zeh, Matties bloßer Fuß fest an Kits Brustkorb gepresst.

Hatte ich mir die Unterhaltung mit Kit denn nur eingebildet? Immerhin war es nur eine Zeile, ein Wort, »unglaublich«, wohlüberlegt in doppelter Verneinung formuliert. »Was nicht heißt, dass du nicht unglaublich bist.«

Er hält mich für unglaublich – während er mit Mattie in der Hängematte liegt und ihre perfekt geformten, leicht sandigen Füße küsst. Er hält mich für unglaublich – während er seine Hand in das Bein ihrer Shorts steckt und sie sich in gespielter Empörung windet.

Vielleicht meinte er ja nicht *unglaublich*. Vielleicht meinte er *in Ordnung*. Vielleicht war es ein beschönigtes Urteil, eine Art *Irgendwann-wird-dich-ein-anderer-lieben*-Bemerkung. Aber mir war es anders in Erinnerung. In meiner Erinnerung sah ich die Verbindung zwischen seinen Augen und meinen, mit der verschleierten Aufforderung, die seine Worte (vermutlich) begleitete.

Eines stand fest: Kit Godden wusste genau, wie er sich die Wirklichkeit nach seinem Bild zurechtlegte.

In diesem Punkt war er eindeutig kein Amateur. Er lächelte, redete, scherzte und legte mir den Arm um die Schultern – und das alles in einer äußerst freundlichen, leicht unpersönlichen Art, bis ich überzeugt war, dass ich mir seine Worte nur eingebildet hatte, oder vielleicht nicht die Worte – die Betonung, die Möglichkeit, dass *unglaublich* wirklich *unglaublich* bedeutete. Und in dem Moment, als er merkte, dass ich den Köder ausspucken wollte, zog er die Leine ein wenig an, und *schwupp*, hatte er mich wieder.

Mir fiel ein, was Hugo über Kit und Sex gesagt hatte. Bei all den Zweifeln an meiner eigenen Wahrnehmung konnte ich mir wenigstens sicher sein, dass er mit mir nicht nur befreundet sein wollte. Dass er mich sexuell und intellektuell anziehend genug fand, um mich als Objekt der Begierde in Betracht zu ziehen. Oder nicht?

Nach ein paar Tagen zwang ich mich durch schiere Willenskraft, nicht mehr an Kit zu denken, und widmete mich wieder Dingen, die ich gerne machte. Ich traute mich sogar, nach Mitternacht von meinem Turm aus mit dem Teleskop den Strand abzusuchen, voller Angst und in der Erwartung, dass er zu Mal und Hope zurückschlich und so tat, als hätte er keinen Sex mit meiner Schwester.

Doch ich entdeckte keine Spur von Kit und Mattie oder überhaupt etwas Interessantem. Bis ich am anderen Ende des Strands etwas Fremdartiges streifte, zurückging, schärfer stellte und plötzlich in Hugos Augen blickte.

Verdammt, was sollte das?

Ich legte das Teleskop beiseite und sah mit bloßem Auge eine Gestalt in etwa vierhundert Metern Entfernung, das Gesicht mir zugewandt, aber viel zu weit weg, um zu erkennen, wer es war, oder für ihn, mich zu sehen. Er war mit Sicherheit zu weit entfernt und konnte nicht ahnen, dass ich ihn beobachtete. Daran bestand kein Zweifel. Die Lichter im Turm waren aus, niemand konnte wissen, ob ich überhaupt noch wach war.

Ich griff wieder nach dem Teleskop und hob es vorsichtig an die Augen. Er stand immer noch da, den Blick direkt auf mich gerichtet, als stünde er nur ein paar Meter von mir entfernt. Als wäre er in einem Zimmer mit mir und starrte mich an. Das machte mich wahnsinnig.

Stand er etwa vierundzwanzig Stunden am Tag da und starrte auf den Turm, für den unwahrscheinlichen Fall, dass ich gerade hinausschaute? Irgendwie schien mir das unwahrscheinlich.

Schließlich ging er auf dem Strand zurück und verschwand in Malanhopes Haus, das im Dunkeln lag.

Wurde ich langsam verrückt? Oder war er verrückt?

Ich prägte eine Reihe von neuen Begriffen. Die Godden-Plage. Der Godden-Mord. Das Godden-Rätsel. Die Godden-Belagerung. Das Godden-Pack. Das Godden-Chaos.

# 15

Die Hochzeit nahm Gestalt an. Alex war glücklich mit seinen Fledermäusen. Mal beschäftigte sich Tag und Nacht nur noch mit *Hamlet*. Tamsin war für immer in Duke verliebt und Mattie in Kit. Auch Kit schien Mattie zu lieben. Mum nähte die ganze Zeit, und Dad machte, was er immer so den ganzen Tag lang machte. Alles langweilig und vorhersehbar, als hätte der Dienstag beschlossen, auf den Montag zu folgen.

Und dann machte sich Kit rar.

Hätte man sich die Mühe gemacht und eine Graphik gezeichnet, dann wäre Matties Leidenschaftskurve stetig nach oben verlaufen wie das Bruttosozialprodukt von Indien, während Kits irgendwie stagnierte wie das von China und im Laufe der kommenden Finanzperiode alles auf ein Absinken und langsames Verläppern hinwies.

Man könnte sogar sagen, dass sich Kit ein klein wenig in Richtung Unnahbarkeit bewegte.

Bei Mattie löste das die Reaktion aus, dass sie den Großteil des Vormittags versuchte, Kit zufällig über den Weg zu laufen, was ihr nicht gelang, dann nach Hause zurückkehrte, um fünf verschiedene Outfits auszuprobieren, eines so zufriedenstellend wie das nächste, aber keines passte so richtig, um das Gefühl der Leere auszugleichen, dass sie nicht mit ihm zusammen war. Nachdem sie sich für eines entschieden hatte, verbrachte sie eine halbe Stunde damit, ihr Haar zu einem Pferdeschwanz zu bürsten, der lässig aussah, es aber nicht war. Sobald das Haar gut saß, stellte sie fest, dass sie die falschen Shorts trug, dann die falschen Schuhe, so dass sie in Sneakern in die Küche stürmte und wieder verschwand, in Flipflops zurückkehrte, dann barfuß, in Ballerinaschläppchen, wieder Flipflops, immer und immer wieder, als wären Schuhe der Schlüssel zu Kits Herz und wenn sie sich nur für das genau richtige Paar entscheiden könnte, würde er sie wieder so lieben wie in der Woche zuvor.

Aber er spielte das Schuhspiel nicht mit. Eines Tages erschien er weder mittags noch abends zum Essen. Kopfschmerzen, sagte Hope. Armer Junge. Und Mattie sah nicht nur enttäuscht aus, sondern grau, als hätte man ihr einen Schlag verpasst.

Am nächsten Tag hatte er dann sehr viel zu tun. Und am übernächsten las er die ganze Nacht und verschlief deshalb den Großteil des Tages.

Als Kit schließlich am folgenden Abend erschien, wich Mattie ihm aus und saß zwischen Alex und Mal. Doch es funktionierte nicht, weil sie nicht mit dem verwunderten Blick gerechnet hatte, dem gekränkten Blick, dem *Warum-meidest-du-mich*-Blick, dem *Ich-werde-das-Selbstvertrauen-unter-graben-das-du-in-deine-eigenen-Instinkte-hast*-Blick. Dieser letzte Blick verwandelte Mattie in die Sorte Mädchen, die die Beweise ihres eigenen mäßig kompetenten Verstands anzweifeln.

Manchmal ertappte ich ihn dabei, wie er mich ansah, und ich spürte einen kurzen Triumph. Er war ihrer überdrüssig geworden, wie ich es von vornherein gewusst hatte. Jetzt musste ich nur noch warten.

Je gereizter Mattie wurde, umso öfter ließ Kit sie auflaufen und »vergaß«, dass sie eigentlich verabredet waren, und kam zu spät, machte lange Spaziergänge mit Mal (»Mit Mal? Aber wieso hat er denn nicht mich gefragt?«), oder er lud jemand anderen ein mitzukommen, Alex zum Beispiel, der nicht ahnte, dass er nur benutzt wurde. Und genau dann, wenn Mattie allmählich so wütend und empört war, dass sie diesen ichbezogenen Fiesling aufgeben wollte, der sich dünnmachte, wenn es ernst wurde, erschien er mit seinem tödlichen Lächeln, seinem durchdringenden Blick und der sanften leisen Stimme, legte ihr den Arm um die Taille, knabberte an ihrem Hals und sagte: »Wo warst du denn bloß?«, dabei war es völlig offensichtlich, wo sie gewesen war, wenn man bedachte, wie sehr er sich hatte bemühen müssen, nicht über sie zu stolpern.

Ab diesem Zeitpunkt fing Mattie an, sein Verhalten zu entschuldigen. »Wenn du seine Mutter hättest, wie stündest du dann zu Beziehungen?«, und: »Du wirst es nicht glauben, aber er ist seltsam unschuldig im Umgang mit Frauen.« Das war schwerer zu glauben, denn Kit war vermutlich vieles, aber bestimmt nicht unschuldig. »Er ist nicht wie andere Jungs«, sagte sie. »Sein Leben findet im Kopf statt.« Oder, vernichtend, zu mir oder Alex: »Du könntest nie jemanden verstehen, der so sensibel ist wie Kit.«

»Hast du ihn gefragt, warum er gestern Abend nicht aufgetaucht ist?«

Mattie schaute zur Seite. »Nein.«

»Warum nicht?«

»Ich kann nicht.«

»Warum kannst du nicht?«

»Ich kann halt nicht. Im Übrigen sollte eigentlich niemand über uns Bescheid wissen.«

Im Umkreis von fünfzig Kilometern wusste jeder über die beiden Bescheid.

»Warum nicht?«

»Liegt das nicht auf der Hand?«

Ich überlegte einen Augenblick und antwortete schließlich: »Nein.«

Aber sie schüttelte nur den Kopf und marschierte von dannen, während ich leicht amüsiert feststellte, dass Mattie im Zeitraum von wenigen Wochen ein Mensch geworden war, der Kit nicht fragen konnte, warum er nicht zu einer Verabredung erschien, die er zugesagt hatte.

Ich hingegen wurde zusehends zum Opfer seiner Aufmerksamkeit. Nichts Konkretes, kein Fummeln in der Speisekammer oder schuldbewusste Küsse auf der Treppe. Doch wann immer ich aufblickte, begegnete ich seinem Blick, und wann immer ich eine leise Bemerkung von mir gab, hörte nur er sie und quittierte sie mit einem kurzen Lachen.

*Ich behalte dich im Auge*, sagte seine Aufmerksamkeit. *Ich bin an dir interessiert.*

Und dann war da Hugo, wie gewohnt höflich

und zurückgezogen, der eigentlich mit niemandem sprach, sondern nur da war oder eben nicht. Aus unserer Zeichenexpedition war keine Freundschaft erwachsen, aber wir hatten einen vorübergehenden Waffenstillstand geschlossen, auf dem wir vielleicht aufbauen konnten.

Eines Nachmittags tauchte er bei uns auf, als ich gerade nichts Besonderes machte. Zuerst stand er nur da wie ein Geist.

Das ist deine Chance, Hugo, alter Junge. *Hallo* wäre ein guter Anfang.

»Hallo«, sagte er, sein üblicher grandioser Gesprächsauftakt.

»Hallo.« Da er nichts hinterherschickte, versuchte ich es anders. »Was liegt an?«

»Deine Mutter möchte, dass jemand Meerfenchel fürs Abendessen pflückt.«

Jeder andere auf dem Planeten hätte hinzugefügt: »Willst du mitkommen?«, aber nicht Hugo. Das Ausmaß meines Ärgers darüber war unverhältnismäßig. Ich wartete, sagte nichts. Das Schweigen schien sich endlos zu dehnen.

»Willst du mitkommen?«, fragte er schließlich.

»Klar«, erwiderte ich, als belohnte ich einen Hund dafür, dass er verstanden hat, was *Sitz!* heißt.

Hugo drehte sich um und ging los, ohne auf mich zu warten. Ich seufzte. Wir machten uns auf den Weg durch die Salzmarsch, er vorneweg, an seiner Seite schlackerte ein Stoffbeutel mit Schere. Da gerade Ebbe war, fanden wir das Zeug problemlos und kamen auch problemlos heran, obwohl ich mit meinen uralten Flipflops im Schlamm versank und die Gumminippel bei jedem Schritt aus den Löchern flutschten. Schließlich gab ich auf und zog sie aus.

Als ich einen besonders schönen Zweig Meerfenchel herauszog, zeigte ich ihn Hugo.

»Steck ihn sofort zurück!« Er war außer sich. »Man darf die Wurzeln nicht rausziehen, Herrgott nochmal.«

Ich wusste das, aber nur er hatte eine Schere.

»Dann lass mich den Beutel halten«, bot ich freundlich an.

Er schüttelte angewidert den Kopf, ging in die Hocke und fing an, vorsichtig herumzuschnippeln. »Wenn man die Wurzeln rauszieht, wachsen sie nicht mehr nach.«

»Das Zeug wächst hier schon, solange ich denken kann. Und im Übrigen, was weißt du schon von Meerfenchel?«

Er warf mir einen bösen Blick zu. »Kalifornien

liegt nicht auf dem Mond. Auch bei uns wachsen Pflanzen.«

»Tut mir leid, dass ich dich unterschätzt habe.«

Hugo schnaubte. »Lass uns damit aufhören«, sagte er, und wir waren wieder auf Stufe 1.

Eine Zeitlang sammelte er schweigend Meerfenchel, gab mir irgendwann den Beutel und dann die Büschel, die ich vorsichtig aufeinanderlegte. Es war keine anstrengende Arbeit. Ich suchte mir eine einigermaßen trockene Stelle und setzte mich. Wir schwiegen beide eine ganze Weile.

»Ist alles in Ordnung?« Er stellte die Frage, ohne aufzublicken.

Ich blinzelte. Warum fragte mich das jeder?

»Was sollte nicht in Ordnung sein?«

»So einiges.«

»Zum Beispiel?«

Er setzte sich, hakte die Schere um einen Zeigefinger und schwenkte sie immer wieder im Kreis. Er schaute mich nicht an, beobachtete nur die Schere.

»Also?«

»Nichts. Sei einfach vorsichtig.«

Offenbar sprach er von Kit. Aber ich war vorsichtig. Außerdem wusste ich etwas über Kit, das Hugo nicht wissen konnte. Ich wusste, wie er sich bei Mattie verhielt und dass es ihm nicht ernst mit ihr war. Das konnte jeder sehen.

Und ich wusste auch, wie Kit mich ansah.

# 16

Nachdem er Mattie weitere achtundvierzig Stunden total ignoriert hatte, erschien Kit mit Gomez und Mal bei uns zum Frühstück, setzte sich ihr gegenüber und ließ langsam das Godden-Lächeln von der Leine. Mattie zuckte, als hätte er sie geschlagen, und ich spürte, wie sich die Unsicherheit um ihre Füße sammelte wie eine Blutlache.

Doch Kit fing gerade erst an.

Langsam wie ein Turner, der sich aufwärmt, scherzte und schmeichelte er, suchte Augenkontakt und brach ihn ab, fing wieder ihren Blick auf und hielt ihm stand, wurde eine Minute lang ganz ernst, lachte, glühte. Ich merkte, dass auch unterm Tisch irgendwas ablief. Langsam kehrte Farbe in Matties Wangen zurück, und sie vergaß das Elend der letzten Tage. Ich beobachtete, wie sie losließ und weich wurde, bis sie ein weiteres Mal ihm gehörte.

Einfach so.

Aber ich entdeckte auch ein verhaltenes Zögern bei ihr. Diesen *Habe-ich-mir-das-nur-eingebildet*-Blick, den ich ziemlich gut kannte. Und ich fand diesen Blick schrecklich, es war erbärmlich.

Keiner der verantwortlichen Erwachsenen merkte, was vor sich ging, weil Kit nicht wollte, dass sie es merkten. In Gegenwart anderer sorgte er dafür, Mattie das genau richtige Maß an Aufmerksamkeit zu schenken, und so blieb die mentale Manipulation ihr kleines Geheimnis. Und wen diese drei Worte nicht schaudern lassen, der zeigt nicht die richtige Reaktion.

Sie verabredeten sich zu einem Spaziergang nach dem Frühstück, und Kit sprach davon, am Strand in Malcoms Zelt zu campen, während Mattie zuhörte und sich freute wie ein Spaniel, dass zwischen ihnen alles wieder in Ordnung war.

Mum trank Kaffee mit uns und schien sich über die herzliche Atmosphäre zu freuen. Sie und Dad hatten die kuschelige Vorstellung, dass Mattie und Kit noch die Kennenlernphase durchliefen und auf altmodische Weise am Strand manchmal Händchen hielten oder sich bis tief in die Nacht unterhielten. Dabei lief sehr viel mehr ab, allerdings nur, wenn Kit es wollte. Oder wenn es vielleicht so dunkel war, dass er die Augen schließen und sich vorstellen konnte, sie sei jemand anderes.

Die Frage war nur, wer.

Hugo stieß zu uns und setzte sich ans andere Ende der Bank wie ein Tier, das vielleicht jeden Moment die Flucht ergreifen musste. Ich bemühte mich, Blickkontakt mit ihm herzustellen, aber er ging nicht darauf ein, und ich hätte am liebsten eine Gabel nach ihm geworfen. Warum machte ich mir überhaupt die Mühe?

Schließlich stand Mal auf und sagte, er gehe eine Zeitung kaufen und ob jemand mitkommen wolle, aber Mattie und Kit schienen es gar nicht zu hören. Mal schwenkte seine Hand vor den Augen der beiden, um festzustellen, ob sie blind waren, aber sie ignorierten ihn.

Hugo sagte: »Ich komm mit«, und ging mit Mal nach draußen; es war das erste Mal, dass wir ihn aus freien Stücken so gesellig erlebten.

Ich stand auf und wollte ebenfalls gehen, wurde aber von Dad aufgehalten, der mich mit großen flehenden Augen ansah, wie man es von kleinen Pandabären kennt.

»Tamsin reitet heute ein Turnier, und ich habe versprochen, ihr zu helfen.«

»Toll«, sagte ich und wandte mich ab, überhaupt nicht in der Stimmung für Pferde. »Viel Spaß.«

»Ach, bitte«, sagte er. »Komm doch mit. Du weißt, wie ich mich bei Pferden anstelle.«

Er wirkte ziemlich geknickt, und mir war klar, dass man manchmal mit seinen Eltern spielen muss, damit sie sich nicht ungeliebt fühlen, auch wenn ich zu meiner Schande gestehen muss, dass mir das normalerweise ziemlich egal ist. Ich seufzte und ging mit ihm zum Auto.

»Was für ein herrlicher Tag«, war seine erste Bemerkung, die bei mir nicht funktionierte, weil mich a) das Wetter nicht interessierte und b) diverse Goddens so verwirrten, dass ich den bisherigen Tag, offen gestanden, ziemlich bescheiden fand. Ungeachtet des Wetters.

»Was denkst du?«

Ich seufzte wieder und sah in das liebe, arglose Gesicht meines Vaters.

»Nichts«, erwiderte ich, weil ich ihn nicht mit den byzantinischen Vorgängen in der jugendlichen Unterwelt behelligen wollte. »Ich überlege nur, ob ich noch irgendwas davon weiß, wie man ein Pferd für ein Turnier fertig macht.«

»Das Wichtigste ist, dass wir für Tamsin da sind.«

Ja, ich wusste, wie sie manchmal war. Sie gibt anderen die Schuld, wird panisch und dreht durch, und wenn die Hufe ihres Pferds nicht glänzen oder die Mähne nicht richtig geflochten ist, bricht sie in Tränen aus und hört nicht mehr auf. Mir ist schleierhaft, wie ich an solche Schwestern geraten bin. Ich schätze, Dad weiß es auch nicht. Weder er noch Mum sind narzisstische Spinner.

Wir hielten vor dem Platz, und ich sah ungefähr tausend Pferde, die von tausend kleinen Mädchen gestriegelt wurden. Es roch nach Pferdemist, Fett vom Burgerstand und unterschwellig nach dem Gestank von Leistungsangst. So fängt alles an, dachte ich, die Magersucht, der Selbsthass, die Kontrollsucht. *Mein Pferd ist nicht so schön wie das da. Wir haben eine Stange gerissen. Ich muss härter arbeiten. Muss höher springen. Muss erwachsen werden und einen Banker heiraten, der meine teuren Vorlieben für außerschulische Aktivitäten unterstützt.*

Auf dem Übungsplatz waren jede Menge Töchter von Bankern, und es versetzte mir einen schmerzlichen Stich, dass Tam auf Duke so unterlegen war, der so was wie ein schmutziger Fuchs ist und die erste jugendliche Blüte längst hinter sich hat, aber als wir die beiden fanden, sah er strahlend und munter aus, Mähne und Schwanz geflochten, Zaumzeug und Sattel poliert und glänzend, und Tam in makelloser weißer Reithose, schwarzen Stiefeln und Stock. Sie sahen gut aus.

»Du bist wunderschön, Liebes«, sagte Dad und küsste sie, was das absolut Falsche war, weil sie gerade ihr Haarnetz schön gerichtet hatte und es nicht verrutschen durfte.

»Hilf mir mit der Nummer«, sagte sie durch zusammengebissene Zähne, und er zog vorsichtig den Stoff über ihre Jacke. Ich hielt Dukes Kopf, während Dad ihr aufsitzen half, und dann wünschte ich ihr viel Glück, als ob ich es wirklich so meinte. Um Dukes willen wollte ich, dass sie gewinnt, damit sie nicht darauf bestand, auf ein schönes neues Modell umzusatteln. Ich spürte eine leise Sehnsucht nach den guten alten Zeiten in mir aufsteigen, als wir alle noch struppige, übellaunige Pferde ritten, die nie das taten, was wir wollten. Ich fand diesen ganzen neuen Vorzeigewahn falsch, spaßfrei und irgendwie pferdefeindlich.

Wir warteten mit Tamsin neben dem Abreiteplatz, und als ihre Nummer aufgerufen wurde, umklammerte Dad das Geländer und warf mir einen Blick zu, der besagte: *Jetzt geht's los!*

Duke wusste, was er zu tun hatte, und als Tam falsch anritt, verkürzte er seine Galoppsprünge so locker, dass sie es gar nicht merkte. Ich dachte ständig, dass sie vielleicht die Reihenfolge der Hindernisse vergaß, doch das tat sie nicht, und Duke flog durch den Parcours wie ein Weltmeister und blieb nicht ein einziges Mal hängen. Tam strahlte und küsste Dukes Hals, als sie aus der Arena ritten.

»Braver Junge!«, sagte sie, und ich dachte: *Gut gemacht, Tamsin, immer noch verliebt in dein Pferd, mit dir ist alles in Ordnung.*

Da kein anderer Teilnehmer fehlerfrei lief, kam es nicht zum Stechen, Allah-Jehovah-Zeus sei Dank, und nachdem Dad sie mit dem nötigen *Gutgemacht* und *Ich-bin-so-stolz-auf-dich* überschüttet hatte, stupste ich ihn an und zeigte zum Auto. Er sah nervös zu Tam, die Duke zurück in die Box führte, und zuckte die Schultern.

»Riskieren wir es«, sagte er, und wir ergriffen die Flucht und lachten wie Schulkinder.

Es war eine kurze Fahrt nach Hause, und als wir um die Ecke in Richtung Strand bogen, hätten wir fast eine Gestalt umgefahren, die mit dem Rücken zu uns am Straßenrand ging und den Daumen ausstreckte. Dad fuhr langsamer.

»Das ist Hugo«, sagte er und hielt an. »Hüpf rein, Hugo.«

Ich wünschte, er hätte nicht *Hüpf rein, Hugo* gesagt, als wäre Hugo *Skippy, das Buschkänguru.*

»Hallo«, sagte ich in einem Tonfall, den man als leicht aggressiv hätte auslegen können. »Hallo, hallo, HAL-LO.«

Hüpf-rein-Hugo wirkte leicht panisch.

»Wie gefällt dir der Sommer hier, Hugo? Hast du dich eingewöhnt?«, fragte Dad, als wäre Hugo eine Schachtel Cornflakes auf einem Regalbrett.

»Gut«, antwortete Hugo nervös.

Wieder Schweigen. Diesmal länger. Peinlich. Aber ich war damit durch, mich um ihn zu bemühen.

Wir fuhren an unserer Einfahrt vorbei, und Dad hielt am Ende von Malanhopes.

»Okay«, sagte er übertrieben freundlich. »Ist es in Ordnung, wenn wir dich hier absetzen?«

Hugo hüpfte im Kängurustil hinaus. »Danke fürs Mitnehmen«, sagte er und schloss die Tür, ohne sich noch einmal umzudrehen.

»Scheint ein netter Junge zu sein«, sagte Dad.

*Ein netter Junge?*

Ich lächelte und nickte freundlich, um sein tragisch mangelhaftes Urteilsvermögen zu überspielen.

# 17

Mum arbeitete an einem Jäckchen für Hopes Hochzeitskleid. Der Glockenrock sollte leicht schwingen, darum nähte sie in den Saum Stäbchen ein, damit der Stoff nicht lasch herunterhing. Das Jäckchen war etwas schwieriger als das Kleid, weil es tailliert war, und sie rannte damit immer wieder den Strand entlang zu Hope, um die Passform zu überprüfen.

Ich kam gerade vom Schwimmen, als ich sie aus dem Haus kommen sah, und winkte ihr zu.

»Komm mit und sieh es dir an«, rief sie. Ich schlang mir das Handtuch um die Schultern und ging hinter ihr her. Als wir ankamen, hatte Hope ein gestreiftes T-Shirt und Jeans an. Sie sah aus wie ein hoffnungsvoller achtzehnjähriger Teenager, und man konnte sich nur schwer vorstellen, dass sie je heiraten würde.

»Ich werfe mich wirklich nicht gern in Schale«, murmelte sie, als Mum ihr in das Jäckchen half, die

Schultern zurechtzog und die Seitennähte absteck-
te.

»Das sagst du mir jetzt«, erwiderte Mum.

Obwohl das Outfit nicht leicht zu nähen war, sah
es angezogen schlicht aus, so wie sich ein Kind ein
Partykleid vorstellte.

»Und«, sagte Mum durch einen Mundvoll Steck-
nadeln, »so schließt man es.« Sie steckte die Enden
unter einen zusätzlichen Stoffstreifen und hielt ihn
ans Jäckchen.

Hope betrachtete sich im Spiegel. »Hübsch«, sagte sie, ohne zu lächeln.

Mum nickte. »Wo ist Mal? Ich hab ihn den ganzen Tag noch nicht gesehen.«

»Untergetaucht. Lernt Text. Ich glaube, er hat Kit
dazu verdonnert, die anderen Rollen zu spielen. Ich
würde ihm ja helfen, aber das will er nicht. Angeblich sehe ich ihn immer so kritisch an.«

»Und stimmt es?«

»Wahrscheinlich.«

»Letzte Naht«, sagte Mum, und Hope seufzte.

»Ich schätze, ich kann erst wieder vernünftig mit
ihm reden, wenn die Spielzeit vorbei ist. Vielleicht
sollte ich schwanger werden. Mir selbst einen besten Freund machen.«

»Darüber sollte man nicht scherzen«, sagte Mum stirnrunzelnd.

»Warum keine Kinder?«, fragte ich. »Sie bereichern das Leben.«

»Besorg dir eine Katze«, sagte Mum und ignorierte mich. »Dann hat Gomez Gesellschaft.«

»Fände er bestimmt toll.«

Als Gomez seinen Namen hörte, kam er angetapst und ließ sich wie ein voller Kartoffelsack neben mir plumpsen. Ich kraulte ihm die Ohren. »Willst du eine Katze, die dir Gesellschaft leistet, mein Süßer?«

Er antwortete nicht.

Wir hörten jemanden durch die Hintertür kommen.

»Seid gegrüßt, Freunde.« Es war Mal.

Hope lächelte. »Für den Sohn einer nuttigen Königin siehst du ziemlich fröhlich aus.«

»*Fühlloser, falscher, geiler, schnöder Bube! Ist dies schon Tollheit, hat es doch Methode. Welch ein Meisterwerk ist der Mensch! Dass ich muss mein Herz entladen und mich aufs Fluchen legen, wie ein Weibsbild, wie ein Küchenjunge!*«

Wir sahen ihn an.

Er verstummte. »Nicht Küchenjunge. Küchenmagd. War nur ein Test.«

Kit kam nach ihm ins Zimmer, streckte die Arme aus und warf sich in Pose. »Pfui drüber. Fein!«

»*Fein?* Warum *fein?*«

»Nicht *fein*, F-e-i-n-d. Feind.«

»Aber welcher Feind?«

Kit zuckte die Schultern.

»Weiter.« Mal verschränkte die Arme und wartete.

»Führ mich nicht in Versuchung. Sonst spiele ich morgen das ganze Stück.«

»Nur zu.«

»Ich denke nicht im Traum daran, dich in den Schatten zu stellen, mein hübscher schottischer Galan. Aber ich bin bereit, jederzeit einzuspringen, solltest du einen altersgerechteren Hamlet benötigen.«

Mal klopfte ihm auf den Kopf. »Ach, unreife Jugend.«

»Mir gefällt *fühlloser, falscher, geiler, schnöder Bube*«, sagte ich. »Das probier ich mal bei Alex aus.«

»Alex und *geil?*« Mum sah mich an.

»Dann eben *fühllos.*«

»Ja, tu das«, sagte Kit, packte mich am Arm und zog mich hoch. »Denk dir einfach was aus, du kannst improvisieren.«

»Nein.«

»Komm schon«, sagte Mal. »Ich gebe dir Start-hilfe. *Pfui! Du verräterische, niederträchtige Frucht einer Hure* …«

»Vielen Dank«, sagte Mum.

Mal sah sie an. »Nichts für ungut.«

»Schon gut.«

Mal drehte sich wieder zu mir.

»Nein.«

»Los, komm.«

»Nur zu«, sagte Hope.

Ich seufzte und nahm eine halbherzige Pose ein. »Fort mit dir, fürwahr, bevor ich dein Gedärm zu Brei zermalme. O Romeo, du niederträchtiger Schuft, das ist die Frage, meine Freunde.«

Mal sah mich gequält an. »Was war das denn?«

»Piraten-Shakespeare«, sagte Kit und nickte be-wundernd. »Sehr modern.«

»Es war deine Idee.«

»Piraten-Shakespeare?« Mal runzelte die Stirn. »Ich glaube nicht.«

Ich zuckte die Schultern.

»Egal, was es war, mach es dir nicht zur Gewohn-heit«, sagte Mal, und sein Blick landete auf Hope. »Ist dies das heilige Gewand deiner drohenden Ehe-schließung?«

»Eigentlich darfst du es gar nicht sehen«, murmelte Mum unter dem Saum hervor. »Also verzieh dich und mach die Augen zu.«

»Los, komm«, sagte er zu mir, »wir gehen eine Runde Tennis deklamieren. Ich muss mein Gehirn freikriegen, und das kann ich nur, wenn ich jemanden wegputze.«

»So kann ich nicht spielen.«

»Dann geh, zieh dich um, wir treffen uns dort drüben. Na los, hopphopp.«

»Warte, ich komm mit und schau zu«, sagte Mum und sammelte die Stoffbahnen der unfertigen Jacke auf, die Hope vorsichtig entfernt hatte. »Fürs Erste bin ich hier fertig.«

»Danke, du bist eine Heilige.« Hope umarmte Mum.

»Kann ich mir Dads Schläger ausleihen?«

»Was ist mit deinem?«

»Eine Saite ist gerissen.«

Mum schüttelte den Kopf. »Warum muss alles im Leben immer repariert werden?«

Ich nahm es als rhetorische Frage.

Mal machte mich beim Tennis platt, was ihn unglaublich aufmunterte. Als ich nach Hause kam, hing Mattie traurig herum.

»Hallo, Matts.«

»Hallo«, erwiderte sie. »Irgendwen gesehen?«

»Irgendwen Speziellen? Ich hab eben Tennis mit Mal gespielt. Hope ist zu Hause. Mum ist wahrscheinlich oben. Alex? Tam? Hugo? Nö. Kit? Zuletzt mit Mal gesehen. Was ist aus eurem Spaziergang geworden?«

Sie antwortete nicht, ließ sich nur bäuchlings aufs Sofa fallen und vergrub ihr Gesicht in den Kissen. Die Achterbahn fuhr also wieder mal bergab. Der Hoch-tief-Zyklus wurde offenbar immer schneller.

Etwas später, als ich mit dem Teleskop meine übliche Stranderkundung machte, entdeckte ich Gomez auf einem Nest Handtücher und beobachtete Malcolm, Kit und Mattie im Meer. Mal schwamm in einem trägen Brustkraul parallel zum Ufer, während Kit weiter draußen trieb und Wasserfontänen in die Luft sprühte. Mattie paddelte näher am Ufer, wo sie die Wellen kurz vor dem Brechen auffing. Alle paar Sekunden schaute sie beiläufig in Richtung Mal und Kit, obwohl keiner der beiden sie groß beachtete. Schließlich gab sie die Hoffnung auf, dass Kit zu ihr zurückschwimmen würde, und schwamm im lockeren Bruststil ins tiefere Wasser, wo sie mit den Jungs trieb und mit der Dünung auf und ab schaukelte.

Man konnte sich natürlich vormachen, dass Kit sie anbetete und es nur nicht sein Stil war, jemandem nachzulaufen, doch für mich sah es so aus, als wäre er vollkommen glücklich, wenn er mit ihr zusammen war, so glücklich, wie er mit jedem anderen am Strand war, abgesehen von den paar Stunden, die sie spätabends in trauter Zweisamkeit verbrachten.

Ich suchte den Strand von einem Ende zum anderen ab, entdeckte aber keine Spur von Hugo.

Die Sonne war warm, obwohl es schon spät am Tag war, und nachdem Mal nebst Anhang zum Haus zurückging, war der Strand menschenleer. Ich ging hinunter zum Wasser, sah mich schnell um, zog mich aus und ging hinein. Am helllichten Tag nackt zu schwimmen, ist ein guter Ansporn, nicht herumzutrödeln. Die Augustsonne funkelte auf dem Meer. Große schwarze Kormorane standen auf den Sandbänken, die Flügel ausgestreckt, um ihr zottiges Gefieder in der Sonne zu trocknen. Ich tauchte mit dem Kopf unter und hielt die Luft an, kam wieder hoch, so dass nur meine Augen auf der Oberfläche schwebten, an der Grenze zwischen Meer und Himmel entlangglitten und mein Körper unter Wasser trieb, wie ein Krokodil auf der Suche nach Beute.

In keiner Richtung sah ich eine Menschenseele. Das Leben kristallisierte sich zu Ruhe und Freiheit und einem Gefühl des Wartens in einer endlosen Gegenwart.

# 18

Ohne die geplante Hochzeit wäre in diesem Sommer alles anders gewesen. Ohne *Hamlet*, dito. Und ohne die Goddens wäre es vermutlich nur ein weiterer Sommer gewesen, der sich nicht von den vergangenen unterschied.

Wäre das besser gewesen?

Was mich immer wieder verblüffte, war die Tatsache, dass wir nichts von Florence Godden hörten.

»Sie schreibt keine E-Mails«, sagte Kit. »Moderne Technik findet sie schrecklich unfein. ›Für solche Dinge habe ich eine Assistentin, Liebling.‹«

»Telefoniert sie denn nie? WhatsApp? SMS? Kostet ja eigentlich nichts.« Ich zeichnete gerade mit Bleistift eine Artischocke, eine prächtige, riesige, lila blühende Artischocke. Kit las ein Theaterstück von Edward Albee.

»Meine Mutter? Nur wenn es ihr in den Sinn kommt, und das tut es nie. Postkarten, ein-, zweimal im Jahr.« Er sah mich von der Seite an. »Hast du etwa Mitleid mit mir? Das wäre schön. Aber mach dir keine Sorgen um mich, ich vermisse sie nicht.«

»Nie?« Ich griff nach meinem Kohlestift.

»Nicht mehr, seit ich ungefähr sechs war. Ich sehe sie eigentlich gar nicht als meine Mutter. Eher wie eine ferne Verwandte, eine verrückte Tante, die man nur an Weihnachten sieht.«

Ich schraffierte den dicken Stängel in senkrechten Strichen. »Und was ist mit Hugo?«

»Was soll mit ihm sein?«

»Vielleicht fehlt ihm ja eine Familie.«

Kit zuckte die Schultern. »Keine Ahnung. Ich weiß nicht viel über meinen Bruder.«

»Willst du es denn nicht herausfinden?«

»Nö.«

»Aber er weiß das eine oder andere über dich.«

Kit verzog das Gesicht. »Er glaubt, er weiß das eine oder andere über so gut wie alles.«

»Dann sollte ich ihn also ignorieren?«

Es brachte Kit fast um, nicht zu fragen, was Hugo mir erzählt hatte. Aber er hakte nicht nach, zuckte nur die Schultern. »Mach, was du willst.«

»Ganz bestimmt.«

Kit hielt noch ein paar Minuten durch, nur um zu beweisen, dass er nicht beleidigt war, dann stand er auf und ging. Er mochte keine Gespräche, in denen sein Bruder vorkam.

Was war geschehen, was hatte so schlimme Gefühle verursacht? Sie besuchten nicht dieselbe Schule. Sie lebten nicht im selben Haus (Internate). Das Thema eines Vaters kam nie zur Sprache, an sich schon verdächtig. Und natürlich zog Florence Kit eindeutig Hugo vor, was nie zu positiven Geschwisterbeziehungen führt. Siehe auch *König Lear*.

Ich beendete meine Zeichnung und begab mich auf die Suche nach dem Geschmähten. Ich fand ihn am kleinen Haus auf dem Sofa, die Augen geschlossen, Ohrhörer eingestöpselt. Ich tippte ihn an die Schulter und unterdrückte das Bedürfnis, einen Blick auf seine Playlist zu werfen. Hugo war in solchen Dingen ziemlich eigen, und ich wollte ihn nicht verärgern.

Er öffnete ein Auge und zog einen Ohrstöpsel heraus. »Hallo«, sagte er in einem fast freundlichen Ton.

»Wollen wir irgendwas machen?«

»Was denn zum Beispiel?«

»Weiß nicht. Tennis?« Ich wusste, dass Kit spielte, er hatte einen Schläger mitgebracht. Hugo spielte vermutlich auch, das taten doch alle Kalifornier, oder? »Ich bin kein Crack, aber den Ball treffe ich meistens.«

»Ja, okay. Kann ich mir einen Schläger ausleihen?«

Ich nickte, und er trennte sich vom Sofa, setzte sich auf und fuhr sich mit der Hand durchs Haar, das auf einer Seite ganz platt gedrückt war. »Ich zieh mir nur eben Turnschuhe an«, sagte er.

Er sprang in großen Sätzen nach oben und kam in seinen flachen, weißen Converse zurück. Nicht ideal zum Tennisspielen. Ich hatte Schuhe mit Gelsohlen und super Federung. Sehr profimäßig. Ich reichte ihm Mals Schläger, ein ziemlich guter, und er überprüfte die Spannung der Saiten, wirbelte den Schläger in der Hand herum.

Wir redeten nicht viel auf dem Weg zum Platz. Eine der guten Seiten an Hugo war seine Fähigkeit zu schweigen. In der Hinsicht übertraf er fast jeden, den ich kannte, mit Ausnahme von Gomez.

Als wir ankamen, erzählte ich ihm, dass Mal mir das Spielen beigebracht hatte, mich aber immer schlug. Vielleicht zeigte er mir absichtlich nicht die

Tricks eines guten Spielers, damit er weiter gewann, viel wahrscheinlicher aber war, dass ich einfach zu wenig übte.

»Ich habe eine Zeitlang in der Schule gespielt«, sagte Hugo.

»Tennis in der Schule? Du solltest meine Schule mal sehen. Zweimal im Monat Leichtathletik, wenn es nicht regnet, und das tut es immer, ein bisschen Turnen und irgendwelche Spiele.«

»Wir hatten Tennis, Yoga, Kampfsport und Meditation. Jeden Tag.«

»Wow.«

Wir wärmten uns ein wenig auf, schlugen ein paar Bälle auf dem Platz hin und her, und er schien mehr zu laufen als ich, was mich ermutigte. Ich konnte die meisten seiner Bälle zurückschlagen und dachte langsam, ich könnte ihm wenigstens ein ordentliches Spiel liefern.

»Willst du aufschlagen?«

Ich schüttelte den Kopf.

»Okay.«

Sein erster Aufschlag war leicht, und ich schlug ihn in die hintere Ecke zurück, so dicht an der Linie, dass er ein bisschen Kreide aufwirbelte. Es war ein Glückstreffer, nicht typisch für meine Fähigkeiten, aber ich sah, wie Hugo nachdenklich die Stirn runzelte.

Sein nächster Aufschlag riss mir fast das Ohr ab. Mir blieb kaum die Zeit, den Schläger zu heben, als der Ball ein paar Millimeter vor der Linie auf den Boden und gegen den Zaun knallte.

Ich starrte ihn mit offenem Mund an. »Gütiger Himmel, Hugo. Woher hast du so einen Aufschlag?«

Er zuckte die Schultern und schlug wieder auf, ein Babyaufschlag, den ich gut hätte retournieren können.

Ich ließ ihn vorbeiziehen. »Zeig noch mal.«

Diesmal sah ich genau zu, wie er aufschlug. Er sah nicht besonders sportlich aus, keine breiten Schultern oder Muckis an den Armen, aber wenn er den Ball in die Luft warf, schien sich sein ganzer Körper zusammenzuziehen und dann auszudehnen wie eine Feder, und wenn der Schläger den Ball traf, kam die ganze Kraft aus seinen Füßen und Knien, dem fließenden Strecken seiner Oberschenkel und der Rücken- und Schultermuskeln. Einfach brillant.

Als er merkte, dass es sinnlos war, knallhartes Tennis mit mir zu spielen, schlug er wieder sanfter auf und schickte den Ball mehr oder weniger direkt in meine Vorhand, damit ich ihn retournieren konnte und mich nicht völlig unterlegen fühlte. Ich war daran gewöhnt, gegen Mal zu verlieren, der sich für einen guten Spieler hielt, aber Hugo war eine völlig andere Liga. Selbst wenn sein Schläger den Ball traf, klang es anders als bei mir, wo immer nur ein dumpfes *Plopp* zustande kam. Sein Aufschlag war scharf wie ein Schuss. Mir wurde fast übel vor Neid, und plötzlich war er mir sympathischer. Langsam offenbarte er sich, dieser Hugo.

Wir spielten eine Stunde, und Hugo kam nie ins Schwitzen. Meistens schlug er meine Bälle vorsichtig zurück, damit ich sie erwischte. Wenn ich am Ende eines längeren Schlagabtauschs das Gefühl hatte, ich könnte einen Punkt holen, schlenzte er den Ball lässig zurück, knapp außerhalb meiner Reichweite, und zwar so schnell, dass ich ihn kaum vorbeifliegen sah. Hätten wir ernsthaft gespielt, wäre das Spiel innerhalb von Sekunden vorbei gewesen.

»Wenn wir nicht aufhören, sterbe ich«, sagte ich schließlich keuchend und ließ mich auf die Bank fallen. »Ich wünschte, ich könnte auch so spielen.«

»Könntest du«, sagte Hugo. »Alles eine Frage des Trainings.«

»In meinem ganzen Leben könnte ich nicht so

viel trainieren. Bei dir sieht es aus wie hohe Kunst. Ich haue nur Bälle auf die andere Seite. Aber weißt du, genau das können wir Engländer am besten, mit Anmut verlieren.«

»Ein komisches Land.«

»Wem sagst du das.«

Ein flüchtiges Lächeln.

Wir gingen zu mir nach Hause, um etwas zu essen und eine Runde zu schwimmen. Die Sonne hatte sich den ganzen Tag nur sporadisch gezeigt. Hugo borgte sich eine Badehose von der Wäscheleine, dann verputzten wir die Reste vom Abend zuvor und gingen, entgegen der Halbe-Stunde-Regel, sofort ins Wasser. Die Wellen waren rau, wurden seitlich vom Wind gepeitscht.

»Bitte erzähl mir nicht, dass du auch surfst«, sagte ich, als ich mich ans Wasser gewöhnt hatte.

»Nö«, sagte er. »Tennis und Schwimmen. Tauchen. Ein bisschen Geländelauf. Fußball. Basketball.« Er überlegte. »Baseball, Lacrosse, Taekwondo. Kickboxing. Mehr nicht.«

Ich schüttelte den Kopf. »Wir sind auf verschiedenen Planeten groß geworden.«

»Wahrscheinlich.«

»Und wie ist es so in L. A.?«

»Ganz schön.« Er zuckte leicht die Schultern. »Ich hab mich dran gewöhnt. Und wie ist London?«

Ich musste überlegen. »Laut, dreckig.« Ich schwamm seitwärts. »Aber es gefällt mir. Hier bin ich zu Hause.«

Hugo war größer als ich, er konnte noch stehen. »Kann ich von L.A. nicht behaupten. Ich bin nirgends zu Hause.«

Die Schlichtheit seiner Bemerkung erschreckte mich. Wie konnte man nirgends zu Hause sein? Mein Zuhause trieb mich oft in den Wahnsinn, aber im Notfall bedeutete es mir alles – ein Dach überm Kopf, Eltern, Geschwister, Freunde, Schule. »Was ist mit …?« Ich zögerte.

»Meiner Mutter? Meinem Bruder?«

»Deinem Vater?«

»Was soll mit ihm sein? Ich habe ihn nur zweimal getroffen.«

»Du und Kit seid keine …«

»Nein«, erwiderte er und sah mich ausnahmsweise mal direkt an. »Sind wir nicht. Ich bin mir nicht sicher, ob sie mit einem der beiden mehr als einmal gevögelt hat. Oder mit einem anderen, was das angeht.«

Oh.

Hugo tauchte unter und ich beobachtete, wie er zwei kräftige Züge schwamm, bevor ich ihn im trüben Wasser verlor. Ein ganzes Stück weiter tauchte er wieder auf, ließ sich mit einer Welle ans Ufer spülen, kletterte hinaus und schüttelte den Kopf wie ein Hund. Er drehte sich nicht um, hob nur sein Handtuch auf und ging zum kleinen Haus hoch. Ich sah zu, wie er verschwand, und dachte darüber nach, was er gesagt hatte.

Was ich als Abneigung gegen mich gedeutet hatte, entpuppte sich als etwas vollkommen anderes. Beschädigung und Verlust.

# 19

Als wir Kinder waren, fühlten sich die sechs Sommerwochen wie ein unergründlicher Graben zwischen dem Ende eines Schuljahrs und dem Beginn des nächsten an. Jetzt aber, da wir älter waren, verging die Zeit schneller, und als sich alles eingespielt hatte, war der Sommer fast vorbei. Die Hochzeitspläne schienen diesen Eindruck zu verstärken; wenn die Zeit knapp wird, um ein Fest zu organisieren, fokussiert sich der Verstand. Die große Segeltour stand noch aus, und das Tennisturnier signalisierte immer den nahenden September, wodurch es zu einem fast melancholischen Ereignis wurde. Unterdessen meldete sich Florence Godden nicht ein einziges Mal, sie antwortete auch nicht auf die Einladung, was Hope beunruhigte, da sie damit gerechnet hatte, Florence' Erscheinen würde gleichzeitig dem Zweck dienen, die Jungs abzuholen.

Mit Sorge, die fast schon an Angst grenzte, dachte ich an den Tag von Kits und Hugos Abreise – Kit über London für sein Vorsprechen an der RADA, Hugo zusammen mit seiner Mutter zurück nach L.A. Kit und Hugo würden sich mit alten Freunden treffen und die Beziehungen in ihrem realen Leben wieder aufnehmen. Mit etwas Glück würde Kit an die RADA zurückkehren. Hugo musste noch ein Jahr zur Schule gehen.

Und was war mit uns?

Am nächsten Tag erschien Kit wieder im Laden, als meine Schicht gerade endete. Er bot mir an, mich auf seinem Fahrrad nach Hause zu fahren.

»Du schlägst nicht ernsthaft vor, dass ich mich auf deine Lenkstange setze, oder?« Aber als ich mich vorbeugte, roch ich einen Hauch Salz und Schweiß und wollte beides ewig einatmen.

Ich machte mich im Laufschritt auf den Weg, und er folgte mir auf Mals schäbigem Fahrrad, fuhr mit über der Brust verschränkten Armen, trat langsam in die Pedale und lenkte mit den Hüften. Er fing an, wie ein Gondoliere auf Italienisch für mich zu singen, bis ich ihn schubste und er die Griffe packte, um nicht umzukippen.

Dann rollte er mit einer Hand auf meiner Schulter neben mir her und ließ mich die ganze Arbeit machen. Mein ganzer Körper vibrierte unter seinen Fingern.

Ungefähr vierhundert Meter vor unserem Haus ließ er los und raste davon, ohne sich umzudrehen, als wäre ihm gerade eingefallen, wie spät es ist.

Ein paar Stunden später kam er in Flipflops den Strand hoch.

Ich war fast mit meiner Artischocke fertig und zeichnete mit lila Farbstift die stachelige Distelblüte. »Du bist aber schnell verschwunden.«

»Man muss sie immer ein bisschen warten lassen.«

Ich spürte wütende Verachtung in mir aufwallen. »Du machst wohl Witze.«

Er lachte. »Mir fiel ein, dass ich etwas versprochen hatte.«

Mhm.

Eine nähere Erklärung folgte nicht. »Fertig«, sagte ich und hielt die Zeichnung hoch.

Er schaute sie eingehend an. »Die hätte ich gern.«

»Hände weg. Die ist für meine Mappe.«

»Machst du mir irgendwann eine andere?«

»Nein.«

Er strich mit der Hand an der Innenseite meines Beins entlang.

»Mmm …«, sagte er, und ich versetzte ihm einen Stoß.

»Du bist so widerlich. Du magst nicht Mattie, sondern jeden.«

Er wirkte gekränkt. »Ich verehre Mattie«, sagte er. »Sie ist toll. Aber du … du bist besonders.«

»Ja, klar.«

Er kniff die Augen zusammen wie eine Katze. »Etwas … Besonderes.« Seine Finger auf der Innenseite meines Oberschenkels.

Ich hielt die Luft an.

»Ich mache mir Gedanken über dich«, sagte er und starrte in den Himmel. »Ich weiß, das sollte ich besser nicht, aber ich tu's trotzdem. Ich mache mir viel zu viele Gedanken über dich.« Und dann sah er mich an.

Die elektrische Spannung, die von ihm ausging, hätte ein Kreuzfahrtschiff beleuchten können. *O Gott*, dachte ich. Aber ich sagte es nicht.

»Weißt du was, Kit Godden? Du bist ein Spielverderber. Du bist erst glücklich, wenn du das Leben meiner Schwester zerstört hast.« Ich klang lachhaft dramatisch, selbst für meinen Geschmack, wie eine verrückte Version der Liebespolizei.

»Das ist total ungerecht«, sagte er und nahm die

Hand von meinem Bein. »Ich will ihr Leben nicht zerstören. Ich mag Mattie, aber du glaubst doch nicht ernsthaft, dass ich die nächsten fünf Jahre mit ihr verbringe, oder?«

Na ja, das nicht. Ich glaubte alles, was bewies, dass er mich wollte und nicht sie.

Musste er denn unbedingt wahnsinnig, tragisch verliebt sein? War wahnsinnige, tragische Liebe die einzige ehrliche Liebe? Einerseits natürlich nicht. Andererseits, wer fängt, ohne mit der Wimper zu zucken, eine Affäre an, ohne die leise Hoffnung auf echte, dauerhafte Gefühle? War es Naivität meinerseits zu glauben, dass es so sein sollte?

Und dann sah er mich plötzlich durchdringend an und sagte leise: »Es gibt Dinge, die ich über dich wissen will. Fragen, die ich habe.« Sein Blick blieb standhaft, und ich zitterte am ganzen Körper.

»Ich habe es nicht eilig«, sagte er. »Willst du es nicht auch?«

Wollen? Ich? Er hätte mich genauso gut fragen können, ob ich in einem Gewittersturm nass werden will. Bevor er die Frage ganz ausgesprochen hätte, wäre ich schon nass.

Ich packte meine Zeichensachen ein. »Man sieht sich«, sagte ich.

Ich ging weg. Entschlossen. Hart. Mit weichen Knien.

# 20

Tamsin war in ihrem Springwettbewerb unter den ersten Fünf. Mal lernte seinen Hamlet-Text. Mum nähte das Jäckchen fertig. Die Antworten auf die Einladungen trafen ein. Für das Hochzeitsessen wurden fast vierzig Gäste erwartet, trotz Hopes Beharren auf einer intimen Feier im kleinen Kreis. Mals Eltern und seine verheiratete Schwester kamen, ansonsten nur Freunde. Die Feier sollte hauptsächlich am Strand stattfinden, und falls es regnete, würden wir uns alle ins Haus zwängen. Hope wirkte ziemlich gelassen und las sich stetig durch einen Stapel Bücher neben ihrer Hängematte. Wenn man sie fragte, ob sie nervös sei, machte sie große Augen und sagte: »Wegen was denn?«

Trotz Mals Wunsch nach einem Spanferkel hatten er und Hope sich auf ein vegetarisches Menü geeinigt, weil es das Catering für die gesamte Bandbreite an Essstörungen erleichterte. Hope schrieb eine Liste mit Zutaten, rechnete die Mengen aus, bestellte ziemlich viel lokalen Wein (englischen Pinot Noir, dank der globalen Erwärmung) und drei Kisten Champagner. Die Gläser lieferte das Weingut. Hope engagierte vier Mädchen aus dem Ort, um bei der Essensvorbereitung zu helfen und am Tag der Hochzeit zu kellnern (»Ihr gehört zu den Gästen«, sagte sie zu uns), und Mum stiftete aus ihrem unerschöpflichen Requisitenschrank hellgrüne und blaue Tischdecken.

»Warum kümmert sich eigentlich niemand um mein Outfit?«, fragte Mal nach einer halben Flasche Wein.

»Ich treibe liebend gern etwas Hübsches für dich auf, Malcolm-Schatz.« Mum lächelte ihn liebevoll an. »Aber ich müsste etwas mehr über den gewünschten Effekt wissen.«

»Den gewünschten Effekt? Liegt der nicht auf der Hand? Liebesgott, bester Schauspieler seiner Generation, empfindsamer Intellektueller, Retter der Frauenwelt ...«

Hope blickte nicht mal von ihrem Buch auf. Mum wirkte nachdenklich. »Ich denke an himmelblauen Samt. Mit passender bestickter Weste und ... Sandalen?«

»Kein Panamahut? Pah!«, sagte Mal und schenkte sich noch ein Glas ein. »Genau deshalb werde ich am Ende in Badehose und Tweedjacke heiraten. Keiner nimmt meine Ausstattungswünsche ernst.«

»Ich wusste gar nicht, dass du Ausstattungswünsche hast, Liebling.« Hope streckte die Hand aus, um seinen Arm zu streicheln, doch er schlug sie weg.

»Bevormunde mich nicht. Ich besorge mir meine Ausstattung selbst und überrasche dich an unserem großen Tag.«

»Aber überrasche mich bitte nicht zu sehr.«

»Gebongt.« Mal sah Alex an. »Kannst du nähen, mein guter Junge?«

»Nähen?«

»Eine Nadel schwingen. Ein Knopfloch kitzeln. Eine Innennaht auftrennen.« Mal wackelte anzüglich mit den Augenbrauen. »Wenn es jemanden interessiert, ich ziehe –«

»Niemand ist interessiert«, sagte Hope. »Ich glaube, wir sollten langsam essen.«

Mal packte Tamsin am Arm und ging in die Küche. »Du hilfst mir, dass ich etwas zum Anziehen finde, nicht wahr, meine Liebe? Wir legen uns identische Outfits zu. Das würde mich überaus glücklich machen.« Tam strahlte.

Mattie war das Gegenteil von glücklich. Sie war nervös, verunsichert, aß weniger und kaute an ihren Nägeln, bis sie bluteten. Sie hatte abgenommen, und das stand ihr nicht gut; ihre scharf konturierten Wangenknochen ließen sie älter aussehen. Ich hingegen surfte auf einer Welle der Verheißung. *Wenn das hier alles vorbei ist*, dachte ich, *kann ich aufhören, Widerstand zu leisten.* Wenn er an der RADA ist und ich nicht mehr zu Hause wohne. Wenn das Leben real wird. Dann vielleicht. Dann könnte ich herausfinden, wie geduldig er wirklich war.

»Glaubst du, dass Kit und Mattie sich gut verstehen?« Mum pflückte Thymian im Garten.

Hope zuckte die Schultern. »Auf mich machen sie einen recht glücklichen Eindruck.«

»Ich fände es schrecklich, wenn sie verletzt würde. Irgendwie ist sie völlig verrückt nach ihm.«

»Es ist Sommer. Bald ist ohnehin alles vorbei«, sagte Hope.

Mum seufzte. »Arme Mattie.«

»Ach, ich weiß nicht. In ihrem Alter hätte ich alles getan, um mit einem Typen wie ihm zusammen zu sein. Wenigstens ist er nicht vierzig und verheiratet.«

»Vierzig?« Mum blinzelte.

»Damals war das sehr romantisch.«

Diese Geschichte kannte ich noch nicht. »Romantisch? Und er war vierzig? Und verheiratet?«

»Du solltest lieber nicht zuhören«, sagte Hope. »Mein Lehrer an der Theaterschule. Es dauerte ein paar Jahre. Aber ich war älter als Mattie – neunzehn oder zwanzig.«

»Und danach hast du Mal kennengelernt?«

»Ich traf mich auch noch mit dem Lehrer, als ich Mal schon kannte. Ich war monatelang mit beiden zusammen.« Sie wirkte nachdenklich. »Mal ist mir mit der Zeit ans Herz gewachsen. Aber es hat eine Weile gedauert.«

Diese Version ihrer Liebesgeschichte war mir neu. »Er sagt immer, es war *Liebe auf den ersten Blick.*«

»War es ja auch«, sagte Mal, der mit noch mehr Gläsern aus dem Haus kam.

»Für ihn, nicht für mich.«

»Oh, vielen Dank auch.« Und schon war er wieder im Haus.

»Und was war dann ausschlaggebend?« Mum war im Reportermodus.

Hope zögerte. »Ich weiß nicht. *I grew accustomed to his face*, wie es in dem Song heißt.«

»Mehr nicht?«

Hope zuckte die Schultern. »Wer weiß? Er ging mir im Laufe der Zeit nicht auf die Nerven. Außerdem war er verrückt nach mir.«

»*Mad about the boy …*«, sang Mal in der Küche.

»Hör auf zu lauschen!«

»Und eines Tages wurde mir dann klar, dass das Leben ohne ihn nicht annähernd so schön wäre wie ein Leben mit ihm.«

»Du verrückte Romantikerin.« Mum schnürte ihre Handvoll Kräuter zusammen.

Ich dachte eine Weile darüber nach.

»Hey, wieso das lange Gesicht?« Mal kam wieder herausgestürmt und warf mich im Spaß zu Boden, führte einen einseitigen Bühnenkampf mit sämtlichen Geräuscheffekten auf, während ich versuchte, ihm zu entkommen.

»Lass mich los, du Psycho!« Und schon ging Mal zu *Psycho* über, inklusive Messer und Musik unter der Dusche, und als ich mich aus den Versatzstücken seiner Filmmontage befreite, war ich erschöpft vom Keuchen und Lachen zugleich. Als ich aufblickte, sah ich Kit, der uns mit einem merkwürdigen Gesichtsausdruck beobachtete. Mal sah ihn ebenfalls und zögerte überrascht, doch dann war er wieder

Schauspieler, wechselte zu Shakespeare vermischt mit Fred Astaire und führte einen Sandtanz auf, während er *Sein oder nicht sein* rezitierte.

Hope schüttelte den Kopf. »Könnt ihr glauben, dass ich diesen Idioten heirate?«

Jeder von uns hätte es getan, wenn er die Chance gehabt hätte.

# 21

Die Arbeit im Laden war eine Zuflucht, nicht nur wegen des Tapetenwechsels, sondern wegen der schleichenden Klaustrophobie am Strand. Der ganze frische Wind, den die Goddens am Anfang des Sommers mitgebracht hatten, flaute langsam ab, und eine unterschwellige Beklommenheit summte durchs Haus. Mir ging das auf die Nerven. Der Sommer war da, um sich zu vergnügen und zu faulenzen, nicht um Chaos und Zweifel zu stiften.

Bei der Arbeit wusste ich, woran ich war. Wenn Lynn schlecht gelaunt war, lag es entweder daran, dass es nicht genug geregnet hatte für ihren Garten oder ihr Mann wieder betrunken nach Hause gekommen war. Denise, deren Schicht sich mit meiner überschnitt, war doppelt so alt wie ich und hauptsächlich an Klatschmagazinen interessiert. All das war sehr erholsam.

»Sieh dir das an«, sagte sie oft und zeigte auf

irgendeinen berühmten Filmstar, über den sie sich kopfschüttelnd künstlich aufregte. »Warum lässt sich jemand auf einen Sexsüchtigen ein? Wenn ich es mir wie sie aussuchen könnte, würde ich den nicht mal mit 'ner Bootsstange anfassen.«

Und weil Kit Godden einer lokalen Berühmtheit am nächsten kam, waren Denise und Lynn völlig versessen auf ihn.

Wenn er in den Laden kam, gab er sich verwirrt und stammelte so charmant herum, dass Lynn hinterher sagte: »Man käme nie auf die Idee, dass er beinahe selbst berühmt ist. Er ist so natürlich.«

Kits Spielart von *natürlich* war eine sorgsam konstruierte Illusion. In diesem Sommer lernte ich viel, wenn auch meistens Dinge, die ich gar nicht wissen wollte.

Als ich Kit erzählte, dass die Damen auf ihn standen, holte er mich von der Arbeit ab, kaufte sämtliche Zeitungen für Mal, die Zeitschrift *Your Horse* für Tam und *Country Life* für Hope, die sich gern Luxushäuser ansah.

Kit unterhielt sich eine Weile mit Denise über das Musikfestival ein Stück weiter die Straße runter und all den Verkehr und die Unannehmlichkeiten, die es mit sich brachte.

»Aber kurbelt es denn nicht das Geschäft an?«, fragte Kit mit einer Stimme, in der gespieltes Interesse mitschwang. »Die vielen zusätzlichen Touristen.«

»Die kaufen nicht hier, die wollen nur teures Zeug aus der Stadt und Drogen auf dem Festivalgelände. Es sollte verboten werden.« Lynn legte ihre vornehme Stimme an den Tag, besonders für Kit.

»Du flirtest wirklich mit jedem«, sagte ich, als ich ihn schließlich wegschleppte.

»Ich hab nicht geflirtet.« Er umkreiste mich langsam mit seinem geborgten Fahrrad.

»Herrgott, Kit, kannst du dir nicht einen andern suchen, dem du auf die Nerven gehst?«

»Geh ich dir auf die Nerven?« Er lächelte wie immer träge.

»Ja.«

»War nicht meine Absicht.«

Ich blieb stehen. »Was genau ist dann deine Absicht? Ich frage nur, weil ich mich jedes Mal, wenn ich dich sehe …, keine Ahnung, dann fühle ich mich so …«

Ich suchte nach dem richtigen Wort. *Gedemütigt.* Tränen traten mir in die Augen, und ich wischte sie mit dem Handrücken ab. Insgeheim wusste ich, dass er aufrichtige Gefühle ausnutzen würde, um sein Spiel voranzutreiben, aber andererseits wollte ich ihn so sehr, dass ich nicht mehr denken und ihm nicht sagen konnte, er solle aufhören, als wir uns küssten. Wir küssten uns mitten auf der Straße, er noch auf dem Fahrrad, beide Hände auf meinen Schultern – er wäre umgefallen, hätte ich einen Schritt zurück gemacht.

Er schwang sein Bein über den Fahrradsitz und schob mich mit der freien Hand vom Straßenrand auf die hinter einer Hecke versteckte Wiese. Dann zog er mich auf sich nach unten ins Gras, schob beide Hände unter mein T-Shirt und ließ sie über die glatte Haut auf meinem Bauch gleiten, und dann war Haut auf Haut und Mund auf Mund, und dann war sein Mund … Oh, was machte ich da bloß?

Ich wusste genau, was ich machte.

Ich rechnete damit, dass er drängen würde, aber er ließ sich Zeit, beherrschte die Situation mit einer genauen Vorstellung von dem, was er wo und wie wollte. Ich konnte kaum atmen vor Verlangen und Warten und es letztendlich zu bekommen. Und festzustellen, wie gut er es verstand zu beweisen, dass ein Mensch vor Sehnsucht und Verlangen fast sterben kann.

Danach lag ich benommen da und wartete darauf, dass mein Atem sich wieder beruhigte. Ich drehte ihm den Rücken zu, zog meine Jeans hoch und umschlang meine Knie, und er berührte ruhig mein Gesicht, als wäre etwas passiert, das jetzt vorbei war. Doch für mich war es nicht genug. Ich schmachtete weiter wie ein gieriges Kind. *Noch mal, noch mal, noch mal.*

Inzwischen stand er und hielt mir die Hand hin, um mich hochzuziehen.

*Was habe ich getan?*, fragte ich mich. *Was habe ich getan?*

»Du«, sagte er, nahm mich in die Arme und flüsterte mir ins Ohr: »Du veränderst alles.«

Ich hatte so lange darauf gewartet, diese Worte zu hören, dass es mir völlig egal war, ob sie der Wahrheit entsprachen oder nicht.

## 22

Am nächsten Morgen kam ich spät nach unten, und alle waren ausgeflogen. Nur Hugo saß mit dem Rücken zu mir und einem Tintenfass neben sich am anderen Ende der Terrasse, ließ die langen Beine baumeln, halb unsichtbar, und zeichnete mit einem altmodischen Füller in sein Notizbuch. Als er mich bemerkte, drehte er sich um, fing meinen Blick auf und wusste im selben Moment Bescheid. Seine Miene veränderte sich kein bisschen, da war kein Aufblitzen von Abscheu oder Resignation oder Triumpf; nur die Pupillen zogen sich ganz leicht zusammen, als er mich noch einen Tick länger taxierte, ehe er sich wieder seiner Zeichnung widmete.

Kit und Mattie erschienen, als ich halb fertig gefrühstückt hatte, gefolgt von Alex, der schon seit Stunden wach war, bereits gegessen hatte und sich deshalb nicht zu uns gesellte. Ich schmierte wie gewohnt Butter auf meinen Toast.

Inzwischen wusste ich, dass Kit, wenn ich ihn fragen würde, wie er Mattie wirklich fand, antworten würde, sie sei ein tolles Mädchen. Und ich? Ich wusste, wie er mich fand. Ich veränderte alles.

Ich glaube, es war ihm ernst, als er das sagte, auch wenn er es im tieferen Sinn vielleicht nicht so gemeint hatte. Ich zermarterte mir das Hirn, um es herauszufinden. Waren Beziehungen heutzutage einfach so? Dass man sich mit dem wohlfühlte, der gerade da war? Ich wollte nicht den Eindruck erwecken, als würde ich die Regeln nicht verstehen.

Vielleicht brauchte er einfach das Gefühl, dass alle ihn liebten. So viel Liebe brauchte nicht mal ich. *Und Mattie,* dachte ich, *wahrscheinlich auch nicht.*

Als ich aufblickte, sah ich, dass er immer noch mit Mattie Händchen hielt, mit der anderen Hand Kaffee trank und mich lächelnd beobachtete. Als Mattie ins Haus ging, um noch etwas Milch zu holen, neigte er sich zu mir.

»Denk nicht so viel«, sagte er mit einer Stimme, die mich am ganzen Körper zittern ließ. »Ich sehe förmlich, wie dein Hirn gleich anfängt zu rauchen.«

»Du kannst mich mal.«

Er grinste.

Erst jetzt fiel mir wieder ein, dass auch Hugo da war. Er schraubte sorgsam das Tintenfass zu, packte seine Zeichnungen zusammen und stand auf, um zu gehen. Er sah keinen von uns an, als er vorbeiging, und niemand schenkte ihm viel Beachtung, so dass nur ich sah, wie er mit seinem Füller schnipste und einen Schweif aus schwarzer Tinte auf den Rücken von Kits weißem Hemd spritzte.

»Was wollen wir heute machen?«, fragte Mattie und setzte sich wieder.

»Ich geh noch mal Mals Text mit ihm durch«, sagte Kit. »Hope hat recht, er ist schrecklich. Ist das mindeste, was ich tun kann.«

Mattie streckte ihre Unterlippe vor. »Oh«, sagte sie enttäuscht.

Kit packte sie um die Taille und schnüffelte unter ihren Kleidern herum wie ein Schwein, bis sie prustend loslachte und ihn wegschob.

»Komm doch mit und spiel Ophelia. Du wärst bestimmt großartig.«

Aber das war weniger in ihrem Sinn, und sie meinte, sie würde lieber mit Mum in die Stadt fahren.

»Bevor du fragst, ich spiele auch keine Ophelia.« Er grinste mich an. »Ach, komm schon.«

Mattie fand es unmöglich, dass er mich beinahe auch gefragt hätte.

»Ihr wisst nicht, was euch entgeht«, sagte er, stand auf und entschwebte wieder zu Malanhope.

Mattie standen Tränen in den Augen, aber sie drehte sich weg, ehe ich etwas sagen konnte. Und was hätte ich auch sagen sollen?

Ich ging wieder in den Wachturm hoch und legte mich aufs Bett. Es war ein heißer, stiller Tag; die Temperatur stieg ständig. Am Strand wäre es kühler gewesen, doch ich war zu apathisch, um mich zu bewegen, und so döste ich vor mich hin und dachte an Kit und seine geschickten Hände. Ich wusste, dass er für Mattie nicht die gleichen Gefühle hegte wie für mich, Mattie war zu hübsch und zu schlicht. Von mir wollte er etwas Kompliziertes, Dunkles, Zwingendes. Jedenfalls redete ich mir das ein.

Ich hörte ein leises Klopfen, so leise, dass ich erst unsicher war, ob überhaupt jemand geklopft hatte oder ob nur jemand auf der Treppe war. Ich stand auf, um die Tür zu öffnen, nicht sonderlich begeistert darüber, dass man mich störte.

Überraschung! Hugo.

»Was glaubst du eigentlich, was du da machst?« Er war wütend.

»Seit wann geht es dich etwas an, was ich mache?«

Wir sahen uns böse an, und zwar länger, als es angenehm war.

»Du solltest klüger sein«, sagte er schließlich.

»Ach ja, sollte ich das? Sollte dein Bruder nicht die Verantwortung für das übernehmen, was er tut?«

»Natürlich.«

*Natürlich?* Ich stand da, die Hände auf den Hüften, und starrte ihn an. Plötzlich verunsichert. »Was soll das heißen?«

»Er ist ein Arschloch. Das soll es heißen.«

Ich starrte ihn weiter an.

»Die Leute verlieben sich in ihn, kapierst du das nicht?«

Das wusste ich, natürlich war mir das klar, aber ich wollte es nicht von Hugo hören. »Wieso ist dir wichtig, was ich mache?«

Hugo blinzelte langsam. Sein Blick verdunkelte sich, seine gesamte Miene wurde düster. »Du kapierst gar nichts, oder?«, fragte er. »Ich versuche nur zu helfen, und wenn du nicht so dumm wärst, würdest du das kapieren.«

Sein Blick fiel auf die Wand hinter mir, wo meine

große Zeichnung von dem toten Kormoran hing. Hugo starrte sie ein paar Sekunden lang an, drehte sich dann um und ging auf die leere Luft einschlagend aus dem Zimmer. Ich sah ihn nicht am Strand auftauchen. Entweder versteckte er sich in der Küche, um mich zu ärgern, oder er hatte sich in Luft aufgelöst.

Ich rannte die Treppe hinunter. »Hugo!«

Alex schaute vom Computer hoch. »Hier ist kein Hugo.«

Am liebsten hätte ich vor Verzweiflung mit dem Fuß aufgestampft. Vor dem Haus keine Spur von ihm. Im Haus keine Spur von ihm. War er etwa ein Gestaltwandler? Ich rannte den Weg zu Malanhope entlang, doch auch dort keine Spur von ihm.

»Tut mir leid, Liebling«, sagte Mum.

»Ein Stück Kuchen?« Hope bot mir einen Teller mit Apfelkuchen an.

Ich knallte die Tür zu, um nach Hause zu gehen, und lief Mal in die Arme, der gerade vom Strand kam.

»Was ist los?«, fragte er stirnrunzelnd.

»Nichts.«

»Sprich mit mir«, sagte er und zog mich vom Haus weg.

»Diese bescheuerten Goddens«, sagte ich schließlich.

»Aha.«

Ich schüttelte den Kopf und versuchte, alles loszuwerden. »Hugo ist unmöglich. Ich weiß nicht, wie ich mich mit ihm anfreunden soll oder ob es sich überhaupt lohnt. Manchmal glaube ich, dass ich ihn mag und dann wieder ... er bringt mich einfach auf die Palme –«

Mal nickte. »Und?«

Über Kit durfte ich ihm nichts erzählen. »Kit ...«, setzte ich an. Und dann schloss ich die Augen. Ich wusste nicht, was ich sagen sollte.

Mal schwieg eine Weile. »Stell dir vor, deine Mutter wäre Florence Godden.«

»Nein, danke.«

»Und von einem Vater keine Spur. Man würde dich in eine Schule abschieben, durch die Welt schleppen, monatelang bei Leuten absetzen, die du nicht kennst ... nicht gerade eine Schule für Beziehungen.«

»Für Soziopathen, vielleicht.«

Mal hob eine Augenbraue. »Das ist ein bisschen hart.«

Ich senkte den Blick.

»Was ist mit Kit?«

»Was soll mit ihm sein?« Ich klang wütend, das hörte ich selbst.

Mal sah mich an. »Gibt es da etwas, was du mir verschweigst?«

Mein Mund war wie zugeschweißt. Ich konnte nicht sprechen, selbst wenn ich es gewollt hätte.

Wir gingen noch ein Stück weiter.

»Es scheint, als hätten sie sich in Opposition zueinander aufgestellt«, sagte Mal. »Das Licht und das Dunkel.« Er schwieg lange genug, dass ich überlegen konnte, wer wohl was war. »Ich will mir gar nicht vorstellen, wie sie an diesen Punkt gelangt sind.« Mal verstummte und sah mich an. »Du bist nicht …«

Ich sprang ihm nicht zur Seite.

»Du bist nicht … Du hast nicht? Könntest du dich vielleicht etwas genauer erklären?«

Ich wollte nicht. Es war schön erbärmlich genug, dass Mattie nicht fragen konnte, warum Kit sie sitzen ließ; ich hatte nicht vor, über Sex mit einem Soziopathen auf einer Wiese zu reden.

Ich seufzte. »Irgendwie fühlt sich plötzlich alles nach harter Arbeit an. Früher hat der Sommer Spaß gemacht.«

Mal nickte. »Ich weiß, was du meinst. Tut mir leid, dass es so gekommen ist.« Er legte mir eine Hand auf die Schulter. »Aber du schaffst das schon. Du bist klug und zäh und begabt.« Er versuchte, meinen Blick zu fangen. »Absolut unglaublich, wirklich.«

Ehrlich gesagt, ich hatte genug davon, unglaublich zu sein.

Ich ließ ihn zurück und ging ans Meer. Mal kam nicht hinter mir her. Es war Ebbe, und eine Handvoll Leute hielt sich noch am abschüssigen Strand auf. Im Wasser war kaum jemand, niemand wollte seine Kinder ohne Strandwächter der starken Meeresströmung und dem Brandungssog aussetzen. Ich zog mein T-Shirt aus und stürzte mich hinein. Die Kälte machte meinen Kopf frei. Ich ließ mich treiben, schaukelte auf den Wellen und schwamm dann in meinem hinlänglichen Kraul die Küste entlang, bis ich zu müde war und nicht mehr konnte. Der Rückweg war viel härter, und ich kam kaum voran, erreichte aber schließlich festen Grund und stapfte erschöpft Richtung Strand. Bevor ich nach draußen ging, legte ich mich in das seichte Wasser, ließ mich treiben und drehte mich mit den Wellen, bis ich ausgeruht genug war, um auf den warmen Sand zu wanken und mich trocknen zu lassen.

Es war die schönste Tageszeit, wenn die Erwachsenen sich auf einen Gin nach Hause verzogen und Familien sich auf den Weg zum Abendessen machten, aber die Sonne noch brannte.

Gab es etwas Schöneres als den langsamen Übergang von Kälte zu Wärme?

Ich lag da, träumte von Kits sicheren Händen und seinem trägen Lächeln und zog Stacheldraht um meine Gedanken, um Hugo und Mattie fernzuhalten.

Wenn Erwachsene von ihrer Jugendzeit schwärmen, hege ich immer den Verdacht, dass sie sich falsch erinnern.

# 23

Zwei Wochen blieben uns noch vom Sommer.

»Übermorgen ist der Tag der großen Segeltour«, sagte Dad, »Mal, Kit und ich. Im Morgengrauen geht's um die Landspitze, rechnet nicht damit, dass wir vor Einbruch der Dunkelheit zurück sind.«

»Oder dass wir nüchtern sind«, sagte Mal.

»Wieso darf Kit mitkommen und ich nicht?« Alex war stinkwütend. »Er gehört nicht mal zur Familie.«

»Nächstes Jahr darfst du mit«, sagte Mal, aber davon wollte Alex nichts wissen.

»Erinnert mich bitte daran, dass ich später mal jedermanns Liebling werde«, sagte er und stürmte davon.

Doch am Ende fuhr Dad nicht auf große Segeltour. Am Nachmittag kam ein Anruf aus dem Reitstall, dass Tam mit einem gebrochenen Arm in der Notaufnahme lag. Dad und Mum warteten stundenlang auf die Röntgenaufnahmen, die einen schwierigen Bruch zeigten; sie wollten Tam im Krankenhaus behalten und am nächsten Tag operieren. Tam war stoisch, doch am Morgen hatten das Warten und die Schmerzen ihr zugesetzt, und sie weinte und weinte, bis man sie für die Operation sedierte. Mum blieb im Krankenhaus, während Dad nach Hause fuhr, um Wechselwäsche zu holen; als er zurückkam, war Tam angeschlagen von der Narkose und ihr Arm in Gips. Mum war abgespannt und müde, aber letztendlich, sagte sie, war es nur ein gebrochener Arm.

Unterdessen beschlossen Mal und Kit, auf eigene Faust zu segeln, weil die Strömung genau richtig lief und es zu spät wäre, wenn sie auf Dad warteten.

»Fahrt ihr ruhig los«, sagte Dad am Telefon, »macht euch keine Sorgen um mich. Ich borge mir ein paar von Tams Pillen, um mich aufzuheitern.«

Mattie unternahm einen nicht-sehr-aggressiven Versuch, dass man sie auf das Boot mitnahm, doch Mal wimmelte sie ab und sagte: »Hier geht es allein um Männerfreundschaft.« Dann legten er und Kit je einen Arm um sie und küssten sie, bis sie lachend zusammenbrach, und dann zog Kit sie hoch und küsste sie wieder, und das beglückte sie so sehr, dass es ihr nichts ausmachte, zurückzubleiben.

Ich verpasste den berühmten Kuss, hörte aber über Alex davon, weil Beach Twitter so gerne Nachrichten verbreitete, die für die Massen vielleicht von Interesse waren.

Mal und Kit brachen früh am Morgen auf, um gut durch die Ausfahrt zu kommen. Und da Wind und Strömung in eine Richtung liefen, legten sie einen rasanten Start hin.

»Auf der Rückfahrt werden sie verdammt große Probleme haben«, verkündete Alex, und da er über einen hervorragenden Instinkt für Naturkräfte verfügte, widersprach ihm niemand. »Kit behauptet, er kann segeln, aber ich bin mir da nicht so sicher. Und Mal ist allenfalls ein guter Mitsegler. Dad wird ihnen fehlen. Er weiß sich immer zu helfen.«

Nach ihrem Aufbruch fühlte sich alles ruhig und ein wenig fade an. Es zeigte einmal mehr ganz deutlich, wie sehr das Sommerministerium für Spaß (und Intrigen, Täuschung und Sex) von Mal und Kit abhing. Ohne sie schien das Leben merkwürdig leer.

Am späten Nachmittag kehrte Tam aus dem

Krankenhaus zurück und füllte die Leere mit Geschichten über ihren Sturz, den Krankenwagen und einer schrecklichen Wut darüber, dass sie für den Rest des Sommers Reitverbot hatte. Den Gips musste sie voraussichtlich acht Wochen lang tragen, danach schloss sich Physiotherapie an, um sicherzustellen, dass keine Folgeschäden an der Hand zurückblieben. Niemand glaubte so recht daran, dass sie sich wirklich vom Reitstall fernhielt, aber Dad drohte ihr so düstere Konsequenzen an, dass ich Tam fast schon im Voraus für die Missachtung aller Verbote bewunderte. Meiner Schätzung nach saß sie schon in wenigen Tagen, wenn nicht sogar Stunden wieder auf Duke und riskierte die nächste Verletzung, Amputation oder noch schlimmer.

Das Abendessen war eine halbherzige Angelegenheit. Wir aßen im Haus, weil es abends allmählich kalt wurde und uns der Herbst vom Ende des Sommers entgegenblickte. Alex schlug kein Kartenspiel vor, Mattie hatte (wieder) Tränen in den Augen, und ich stand eine Zeitlang in meinem Witwengang und hielt durch das Teleskop Ausschau nach den heimkehrenden Seglern. Nach einer Weile langweilte ich mich. Das heißt, ich war weniger gelangweilt als deprimiert.

Kit und Mal kehrten lange nach Einbruch der Dunkelheit zurück. Sie behaupteten, sie seien zu erschöpft, um über ihren Ausflug zu sprechen.

Zu erschöpft, um über die große Segeltour zu sprechen? Das gab es noch nie. Der ganze Sinn und Zweck der großen Segeltour war das Nachspiel, die Analyse, die Autopsie, die Kritik; wer war total unfähig, den Spinnaker zu setzen, wer konnte keinen geraden Kurs halten, wer vergaß, dass der Pub zwischen drei und fünf geschlossen hatte.

Doch von alldem hörten wir nichts, oder fast nichts. Kit ging sofort zu Malanhope zurück und schützte rasende Kopfschmerzen vor, vermutlich ein Sonnenstich, obwohl die Sonne an diesem Tag nicht übermäßig geschienen hatte. Mal verschwand sofort in Tams Zimmer, um ihr sein Mitgefühl auszusprechen, und blieb dann noch auf einen Drink, um sich Dads Horrorgeschichten aus dem Krankenhaus anzuhören. Doch was das Ereignis des Tages betraf, hielt er sich merkwürdig bedeckt. Dad versuchte vergeblich, ihm Einzelheiten aus der Nase zu ziehen, aber die vergangenen paar Tage waren nicht leicht für ihn gewesen. Man sah ihm an, wie müde er war.

Unser Verlangen nach der wahren Geschichte schien Mal nur zu ärgern.

»Es war schön«, sagte er. »Aber nicht so idyllisch, wie ich es mir vorgestellt hatte. Kit ist nicht gerade ein begnadeter Segler, wir hatten Probleme mit der Strömung, und als wir die Landspitze erreichten, ließ uns der Wind im Stich, wir steckten also fest und schafften es nicht bis vier zum Pub. Für die Rückfahrt brauchten wir doppelt so lang wie normalerweise, außerdem hat es geregnet, und dann war die Sonne weg, und es war arschkalt.«

Ende.

Die lückenhaften Fakten des Tages wurden eigenartig freudlos heruntererzählt, ohne die haarsträubenden Anekdoten, die wir von Mal erwarteten, ganz zu schweigen von der neuen Kombination Mal und Kit. Unsere Enttäuschung war schwer zu beschreiben, zumal es das große Ereignis des Sommers war, auf das wir alle gewartet und uns Geschichten versprochen hatten, von Mann über Bord und Meuterei – ob wahr oder erfunden, wäre uns egal gewesen.

Mum fragte später, ob wir glaubten, dass Mal und Kit sich gestritten hatten, worauf ich nicht gekommen wäre, aber es lieferte eine Erklärung für Mals zurückhaltend erzählte Geschichte. Auch wenn es schwer vorstellbar war, dass Kit die Beherrschung verlieren könnte, konnte der stets anbetungswürdige Mal beim Skippern leicht tyrannisch werden, wie fast jeder Segler, der mir je begegnet war. Und das hätte er in seinem Bericht vermutlich nicht erwähnt. Ich ging davon aus, dass die wahre Geschichte irgendwann ans Tageslicht käme, aber im Augenblick waren wir alle von Mals Version beunruhigt.

Der nächste Morgen war feucht und grau, und es herrschte allgemein schlechte Laune. Die miese Stimmung und ein weiterer bewölkter Tag lösten den Wunsch in mir aus, mich für immer zu verkriechen, und so legte ich mich bis zum frühen Nachmittag wieder ins Bett. Alex schrieb ständig SMS, ich solle mit ihm schwimmen gehen, Tennis spielen, Fledermaus-TV ansehen, Essen machen. Ich schaltete mein Telefon aus.

Schließlich gewann der Hunger die Oberhand. Als meine Nachrichten an Alex, mir etwas Essbares hochzubringen, keine Wirkung zeigten, zog ich die Sachen von gestern an und ging nach unten. Es war fast drei, das Haus fühlte sich leer an. Niemand war da, was zu jeder anderen Zeit eine Erleichterung gewesen wäre, heute meine gedrückte Stimmung aber nur noch verstärkte.

Im Kühlschrank fand ich Käse, den ich mir zusammen mit Brot und ein paar Tomaten auf einen Teller legte, dann stahl ich mich wieder nach oben, kletterte die Leiter zum Turm hoch, setzte mich zum Essen in den Witwengang und schaute nach draußen.

Selbst an grauen Tagen ist der Strand schön. Eine weiche Wolkendecke hing dicht über dem Meer, wie der Deckel einer Sandwichbox; Disteln, Fenchel und Ginster hoben sich vom Strand ab, und auf den Telefonleitungen drängten sich reihenweise Stare. Auf der anderen Seite sah ich ungefähr acht junge Stiere, einige lagen herum, andere standen und grasten. Und rechts in der Ferne war der alte Bauernhof mit ein paar Shire Horses auf der Weide, grau gefärbt im Dunst.

Ich entdeckte ein paar Hundeausführer, die bekanntlich auch bei Nieselregen unverdrossen unterwegs sind – eine einsame Frau mit einem kleinen Hund, eine andere mit zwei Collies, einen älteren Mann mit einem Spaniel. Und etwas weiter entfernt zwei Männer mit einem Tier, das die Größe und Form eines Bassets hatte.

Ich griff nach dem Teleskop, und obwohl ich aus dieser Entfernung keine Gesichter erkennen konnte, waren es eindeutig ein Basset und eindeutig Mal und Kit, etwa achthundert Meter entfernt.

Ich hatte Kit seit Tagen kaum gesehen. Er war

nicht einmal im Laden gewesen, um Milch zu holen, geschweige denn, um zu flirten oder Sex am Straßenrand zu haben. Es war, als bedeute ihm unser kleines Rendezvous so wenig, dass er es schon vergessen hatte.

In unseren Augen war Kit abgetaucht. Die Geschichten, mit denen ich mir sein Verhalten erklärte, hätten einen netten Begleitband zu Matties ergeben. Als ich ihn jetzt mit Mal sah, war ich zunächst erleichtert; Mal würde einige seiner soziosexuellen Verirrungen zurechtrücken. Wer, wenn nicht Mal – der Elder Statesman der Jugend, dessen Erinnerungen an Sex und Intrigen noch intakt waren? Ich fragte mich, ob sie wohl über mich sprachen.

Ich beobachtete sie eine Weile, doch es gab nichts zu sehen.

Eine merkwürdige Folge der von Mattie und mir geteilten Obsession war der unausgesprochene Wunsch (der mehr von mir ausging als von ihr), die Nähe der anderen zu suchen. Mattie, die nicht begriff, was wir plötzlich gemeinsam hatten, verwirrte das. Hätten nicht Jahre der Entfremdung hinter uns gelegen, dann hätten wir womöglich die Gelegenheit ergriffen, um gemeinsame Interessen zu entdecken.

Eine Weile später hörte ich sie ins Haus kommen. Es war unüberhörbar. Mattie war zwar hübsch anzusehen, aber sie ging wie ein Schläger.

Leise schlich ich nach unten, um sie zu erschrecken.

»Wo sind denn alle?«, fragte ich, und sie zuckte zusammen.

»Keine Ahnung, mir auch egal.«

Na schön. Ich ließ mich auf ein Sofa fallen und tat, als würde ich lesen.

Es verging einige Zeit, während wir darauf warteten, dass etwas passierte.

Und das tat es schließlich. Dank Hugo, dem immer währenden Platzhalter.

## 24

Noch zehn Tage bis zur Hochzeit, und plötzlich verstand ich, wie gefährlich es war, dem Sommer einen Zielpunkt zu setzen. Es wurde ein Hindernislauf, und ganz gleich, wie viele Dramen sich unterwegs abspielten, alle dachten nur an das Ziel.

Mit diesem Gedanken im Hinterkopf und umgeben von der seltsamen Atmosphäre, die niemand so recht festmachen konnte, verspürten wir wenig Lust auf das Tennisturnier. Aber es war ein jährliches Ereignis, das schon so lange Tradition hatte, dass niemand den Vorschlag wagte, es ausfallen zu lassen.

Alle spielten, es gab keine Setzliste, die Spiele wurden durch Auslosung arrangiert, und das Risiko war so niedrig wie nur menschenmöglich.

Der Einzige, der bisher gegen Hugo gespielt hatte, war Alex, der ständig jemanden um ein Spiel bat, aber so schlecht spielte, dass niemand seine Zeit mit ihm verschwenden wollte. Es wurde gemutmaßt, dass Hugo ihn coachte, aber kein Coaching konnte Alex in eine ernsthafte Bedrohung verwandeln.

Kit hatte geniale K.-o.-Spiele mit Mal und Mattie hingelegt, aber sein Können war eher berüchtigt als bewiesen. Ich allerdings hatte eine leise Ahnung, ganz zu schweigen von direkter Erfahrung, was seine allgemeine Kraft und sein Geschick anging. Ich vermutete stark, dass er spielen konnte.

Hugo weigerte sich zunächst teilzunehmen, aber Tam und Alex knöpften ihn sich vor und bearbeiteten ihn, bis Mum ihn schließlich beiseitenahm, um in aller Ruhe ein Wörtchen mit ihm zu reden, was zweifellos ungefähr so klang: »Wir fänden es wirklich schön, wenn du mitmachst«, mit Betonung auf *wirklich* und in einem Ton, der eher beim Militär angeschlagen wurde.

Die ersten Runden wurden an einem Wochenende gespielt, ein Satz pro Paarung, die zweiten Runden fanden am folgenden Samstag statt, zwei Sätze plus nötigenfalls Tiebreak, und das Finale wurde am Tag danach am Sonntag ausgetragen. Die dazwischenliegende Woche war nicht zum Ausruhen gedacht, vielmehr sollte sie sicherstellen, dass jeder teilnehmen konnte, der in London zur

Arbeit gehen musste, auch wenn es in diesem Jahr bei kaum jemandem der Fall war.

Runde eins lief so ab: Mum spielte gegen Mal und verlor. Alex spielte gegen Hugo und verlor gerade so eben in einem Spiel, das konkurrenzlos und gutgelaunt gespielt wurde. Hugo schien das Match sogar zu genießen, und ich erlebte im Grunde zum ersten Mal, dass ihm etwas Spaß machte. Alex knallte die Bälle wahllos auf die andere Seite, traf sie die Hälfte der Zeit überhaupt nicht und schlug die restlichen wild über den Platz, doch Hugo passte sie ungeachtet dessen mit gespielter Anstrengung zurück, so dass Alex tatsächlich glaubte, er hätte gut gespielt.

Da Tamsin außer Gefecht gesetzt war, spielte Mattie ebenfalls gegen Alex, der eine zweite Chance wollte. Trotz aller Freundlichkeit und Finesse hätte das Spiel der beiden ebenso gut ein Boxkampf sein können, und Mattie trug einen entschiedenen Sieg über Alex davon. Dad verlor zur Überraschung aller gegen Hope, und so blieben nur noch Kit und ich.

Tennis war bekanntlich nicht mein Sport. Überhaupt war Sport nicht mein Sport. Als ich also meinen Platz gegenüber Kits strahlenden ein Meter und fünfachtzig Zentimetern einnahm, konnte ich allenfalls mein Bestes geben, um mit Anstand zu verlieren.

Aber ich hatte nicht die Absicht, mit Anstand zu verlieren.

Stattdessen schlug ich jeden Ball wie eine Granate, zielte auf sein Gesicht, haute eine Rückhand direkt in seine Leistengegend und erklärte Bälle für aus, die es eindeutig nicht waren. Die Tage und Wochen der Wut und sexuellen Frustration führten meine Hand. Ich glaubte nicht einen einzigen Moment an die Wirksamkeit meiner Taktik, aber das war mir egal.

»Hey, hey, Kleines«, rief Dad von der Seitenlinie. »Wir sind hier nicht im Wimbledon-Finale.«

»Gott sei Dank«, sagte Kit, der sich nicht bemühte, auch nur einen einzigen Ball zu treffen.

Ich merkte erst auf dem Tennisplatz, wie wütend ich war. Kit wirkte verdutzt und ein wenig angesäuert über das Ausmaß an Aggression, das ich ihm entgegenbrachte, und meine Wut wurde noch größer, als ich merkte, dass er keine Ahnung hatte, warum ich mich eigentlich so aufregte.

Ich verlor jeden Punkt, auch wenn er mir am Schluss ein paar Ballwechsel zugestand, wahrscheinlich nur um zu sehen, ob ich den Ball im

Spiel halten konnte. Es war bei Gott kein schnelles Spiel und mit Sicherheit auch kein gutes, aber er beherrschte es so gut, dass ich in meinem Kopf ein Szenario spann, das mich davon ablenkte, ehrenvoll zu verlieren.

Ich sah kurz zu den Zuschauern und fing Hugos Blick auf. Er dachte genau das Gleiche wie ich. Und der Ausdruck auf seinem Gesicht zeigte pure Angst.

Als der Satz zu Ende war (6:0), ging ich vom Platz, ohne mich umzudrehen. Kein spaßiger Handschlag am Netz, kein Geplänkel, keine fröhliche Verbeugung vor der Menge, kein reklamiertes Fehlverhalten oder die Aufforderung zu einer Revanche. Kit zuckte nur die Schultern, als wollte er sagen: *Keine Ahnung, was das eben sollte.* Die Zuschauer wirkten verwirrt, nur Mal nicht, der sich abwandte.

Wir begaben uns alle zum Abendessen, und als Kit seinen Arm um mich legen wollte, duckte ich mich weg und setzte mich neben Hope.

Hugo blieb still und seltsam, obwohl ihm das Spiel ein festes Bündnis mit Alex eingebracht hatte. Er hatte Alex von Anfang an ermutigt und gesagt, er hätte Potenzial, und angeboten, ihn zu coachen. Alex interessierte sich mehr für Fledermäuse als für Ballspiele, doch als das Kind, das am wenigsten die

Aufmerksamkeit der Familie auf sich zog, bei dem am wenigsten ein mögliches Talent erkannt wurde, das am wenigsten einen Insiderwitz verstand, freute er sich unermesslich über Hugos Angebot. Der Gedanke, dass wir Hugo alle falsch einschätzten, war mir schon vor einiger Zeit in den Sinn gekommen, aber nun konnte ich sehen, dass auch der Rest der Familie zu diesem Schluss kam. Besonders Mum, die zu beschäftigt gewesen war, um Hugo zur Kenntnis zu nehmen, war blass vor Bedauern und gab sich große Mühe, besonders nett zu sein.

Er neigte nach wie vor dazu, wortlos aufzustehen und wegzugehen, ohne zu sagen, wann oder ob er zurückkam, aber allmählich gewöhnte ich mich an seine Schrulligkeit. Seine beste Eigenschaft war, dass es ihn nicht interessierte, wohin wir gingen oder was wir machten, wenn wir Zeit miteinander verbrachten; er brachte einfach ein Skizzenbuch oder etwas zum Lesen mit und konnte stundenlang dasitzen, ohne ein Wort von sich zu geben.

Manchmal vergaß ich ihn völlig und war überrascht, wenn ich aufstand und ihn dasitzen sah.

Es war eine komische Beziehung, die ein wenig meiner mit Gomez ähnelte, nur mit noch weniger Gesprächen.

Mum sagte, sie sei froh, dass wir uns besser verstanden. Kit hielt sich von uns fern. Obwohl ich sehr wütend auf ihn war, vermisste ich seine Versuche, mich zu verführen.

Die Hochzeit war auf dem richtigen Weg. Mum und Hope machten einen Probelauf mit den aufgebockten Tischen und gemieteten Klappstühlen; die grünen und blauen Tischdecken sahen phantastisch aus in dem ungemähten Gras und vor dem dahinter liegenden Meer. Hope wollte möglichst viele einheimische Zutaten, und so besuchten sie tagelang Bauernmärkte. Sie fanden einen Lavendel- und Kräuterhof, geführt von zwei Frauen, die früher im Finanzwesen gearbeitet hatten, eine Köchin, die auf Kurse für das Sammeln von Wildpflanzen spezialisiert war, und ein Himbeer- und Erdbeerfeld zum Selbstpflücken, nur wenige Kilometer die Straße entlang. Alle Rezepte wurden an uns ausgetestet, und wir durften entscheiden, was uns am besten schmeckte.

Beim Abendessen erkundigte sich Hope immer bei Mal, wie er mit dem Textlernen vorankam, und Mal gab uns dann eine kleine Kostprobe. Allmählich kannten wir *Hamlet* ziemlich gut.

*»Geh in ein Kloster!«*, sagte Mal zu Hope. *»Warum wolltest du Sünder zur Welt bringen? Ich bin selbst leidlich tugendhaft; dennoch könnte ich mich solcher Dinge anklagen, dass es besser wäre, meine Mutter hätte mich nicht geboren.«*

»Welcher *Dinge*?«, fragte Hope stirnrunzelnd. »Gibt es etwas, das ich wissen sollte?«

Mal warf ihr einen Kuss zu. Ich sah Kit an, der voll mit Mattie beschäftigt war.

Tam kam fast immer zu spät zum Essen. Trotz ihres gebrochenen Arms verbrachte sie mehr Zeit denn je im Reitstall, dank ihres neuen Freundes, ausgerechnet einem Jungen, der einen Fuchs namens Bilbo ritt und es genoss, jemanden zu haben (Tam), der seine Springkünste bewunderte.

»Ich bewundere ihn wirklich«, erklärte sie, »weil er unglaublich ist.«

Das Pferd oder der Junge?

Tam versuchte gerade, einen Hühnchenschenkel mit einer Hand zu schneiden, und stabilisierte das Fleisch mit ihrem Gips. »Was macht dich nervöser«, fragte sie Mal, »die Hochzeit oder *Hamlet*?«

Mal sah sie ungläubig an. »Fragst du das ernsthaft? Was ist daran nervenaufreibend, diese herrliche Maid zu heiraten?«

»Eigentlich ist es ja nur ein Stück«, sagte Mattie, und Hope wurde blass.

»Du liebe Güte, sag das nie wieder über *Hamlet*.« Alex kicherte, bis Tamsin auf ihn einschlug.

»Mattie, wie kann es sein, dass du mit zunehmendem Alter immer dümmer wirst?« Mal wirkte richtig aufgebracht. Nachdem er vergeblich auf eine Antwort wartete, stand er auf und verließ den Tisch. Wir waren alle etwas verblüfft, weil das so gar nicht seinem normalen Verhalten entsprach. Hope ging hinter ihm her und kehrte kurz darauf wieder zurück.

Mum seufzte. »In letzter Zeit ist er ganz schön empfindlich, nicht wahr?«

»Er hat ziemliche Angst wegen des Stücks.« Kit hatte den Arm um Mattie gelegt, die ihre Unterlippe vorstreckte, aber nicht sehr reuevoll wirkte. »Ich kann es ihm nicht übel nehmen«, fuhr Kit fort. »Und dann noch die Hochzeit. Der Zeitpunkt hätte besser sein können.«

»Nun, das tut mir wirklich leid.« Hope funkelte Kit böse an, und es war eines der wenigen Male, dass ich sie wütend erlebte. »Gott behüte, dass unsere Hochzeit Mals Karriere im Weg steht.«

»Ich dachte nur«, sagte Kit ruhig, »dass es schwer

sein muss, den schönsten Tag seines Lebens zu genießen –«

»Schon gut«, fauchte Hope und verließ den Tisch. Mum stand auf und fing an, die Teller abzuräumen.

»Mach dir keine Sorgen.« Sie legte Kit eine Hand auf die Schulter. »Hochzeiten neigen dazu, Leute aus dem Gleichgewicht zu bringen.«

»Kit neigt dazu, Leute aus dem Gleichgewicht zu bringen«, murmelte Alex.

Ich sah Hugo an. Sein Gesicht war rot angelaufen, und er vibrierte wie eine Stahlsaite. Ich fand die Heftigkeit, die manchmal in ihm aufblitzte, ziemlich beängstigend.

Der Himmel über dem Meer war klar und hell, aber in der anderen Richtung hatte er sich fast grünlich-schwarz verfärbt.

Ich stupste Hugo an. »Verschwinden wir von hier.«

Er ging hinter mir her zum Meer hinunter, und wir setzten uns auf den Sand. Wir sagten beide nichts, aber in meiner Nähe schien er sich ein wenig zu entspannen. Als es anfing zu nieseln, stand er auf und ging zum Haus zurück. Ich machte mich allein auf den langen Weg um die Lagunen herum und kam bei den letzten Häusern heraus, wo große Weißdornhecken und buschige Schlehen einen Windschutz für die dahinter liegenden Felder bildeten. Die Bäume standen in seltsamen, dichten Gruppen, doch dazwischen befanden sich freie Durchgänge – perfekt geeignet als gemütliche Höhlen für Füchse und Dachse, wie wir als Kinder immer fanden. Als der Niesel in Regen überging, kroch ich in die Mitte eines Dickichts, etwas, was ich seit zehn Jahren nicht mehr gemacht hatte. Es war eng, aber trocken; ein guter Platz, um einen Sturm auszusitzen.

Ich beobachtete, wie der Regen vom Weißdorn tropfte, und zitterte ein wenig in meinen feuchten Kleidern. In ein paar Minuten würde ich nach Hause gehen und mir etwas Trockenes anziehen.

Die letzten Sonnenstrahlen kämpften sich durch die Wolkendecke, und vom benachbarten Feld schwebten Stimmen herüber. Sie kamen näher, und ich saß still da, sicher in meinem Dickicht.

Stimmen. Ich erkannte Mals. Verdammter Hamlet.

*»Was ist der Grund, dass Ihr mir so begegnet? Ich liebt' Euch immer: doch es macht nichts aus; lasst Herkuln selber nach Vermögen tun, die Katze maut, der Hund will doch nicht ruhn.«*

Und dann hörte ich: »Mal. Mal … O Gott, Mal.«

Gefolgt von Stille. Nicht ganz Stille. Ganz und gar nicht Stille.

Ich konnte nichts sehen. Ich war mir nicht sicher, was ich hörte.

Was genau hörte ich da?

*Nein*, dachte ich. *Unmöglich. Nicht das.*

## 25

Meine Schwester sah nie schöner aus als in diesem Sommer. Ihr ganzes Leben lang äußerten sich alle zu ihrer Lieblichkeit, doch für mich war sie nie wieder dieselbe. Irgendetwas verschwand.

Aber eine gefühlte Ewigkeit lang merkte es niemand. Ich zweifelte an mir selbst. Was gab es schon zu wissen? Vielleicht nichts. Während die Stunden verstrichen, prophezeite mein Verstand, was er nicht ganz glauben mochte.

Während ich zweifelte, zeichnete Hugo Bilder, Mum nähte, Hope las, Mattie ging unruhig auf und ab. Ich konnte sehen, wie sie in Gedanken alle Möglichkeiten durchspielte und sich verzweifelt wünschte, der Mensch zu sein, den Kit liebte, und nicht nur der, den er manchmal liebte. Dieser Mensch war nutzlos.

Irgendwann sah man sogar an ihrer Haltung, wie gebrochen sie war.

Ich wusste nicht, was ich tun sollte. Ich wusste ja kaum, was ich wusste.

Und immer war Hugo da. Am Anfang ging ich ihm aus dem Weg, weil ich befürchtete, er könnte bestätigen, was ich gehört hatte. Hope fragte, was denn los sei, und ich behauptete, ich mache mir Sorgen um Mattie. Sie sah mich an, seufzte und sagte nichts.

Ich suchte nach vielsagenden Zeichen: ein kurzer Blick, eine streichelnde Hand. Nichts.

Ein, zwei Tage lang war die Welt voller Jahrmarktspiegel und Verzerrungen, Verrat, Ungewissheiten, falschen Motiven, Nebelwänden. Lächelnden Bösewichten. Weinenden verrückten Mädchen.

Wenn ich mit meinem Teleskop den Strand absuchte, schwenkte es fast wie von selbst zu der Weißdornhecke. Sah ich dort eine Gestalt? Zwei Gestalten? Das Teleskop verbrannte mir die Finger. Ich warf es aufs Bett.

Schließlich stellte ich Hugo in Malanhopes Küche zur Rede. »Gehst du mir aus dem Weg?«

»Ja«, antwortete er, was mir allen Widrigkeiten zum Trotz ein Lächeln entlockte.

»Was geht hier vor?« Ich blockierte die Tür, damit er nicht entwischen konnte.

Und da war er wieder, der Blick, den ich durch die Linse meines Teleskops gesehen hatte. Durchdringend, unerschrocken. Er schwieg.

Ich packte ihn am Arm, und seine Miene verhärtete sich. *Ja*, dachte ich, *ich weiß verdammt genau, dass du nicht angegrapscht werden willst. Ich meinerseits hasse Lügen, Verrat, seelische Gewalt, Chaos – aber du wirst nicht erleben, dass ich mich beklage.*

Er holte tief Luft. »Ich muss dir etwas erzählen«, sagte er.

Ich wappnete mich mit geballten Fäusten und zusammengebissenen Zähnen für das, was ich gleich hören würde. *Raus damit*, dachte ich. *Rede endlich.*

Ich wartete.

»Die Sache ist die«, sagte Hugo, und ohne zu wissen, warum, empfand ich plötzlich eine tiefe Zuneigung für ihn, dafür, dass er so verlegen und so unverstellt war. Der schöne Bruder war eine Wüstenoase, eine Landschaft, die kopfüber in der wabernden Hitze hing. Hugo war nur er selbst, er war echt.

»Im letzten Sommer …«

Im letzten Sommer? Ich wartete.

Hugo sprach mit gesenktem Blick. »Den letzten

Sommer verbrachten wir an der Küste nördlich von Rom bei einem Regisseur, einem Freund meiner Mutter – Antonio hieß er –, und seiner neuen Frau Giulia. Ich glaube, Florence hatte mal was mit ihm. Die Villa war riesig, mindestens fünfzehn Schlafzimmer. Ständig kamen und gingen irgendwelche entfernten Verwandten. Es gab Köchinnen und Haushälterinnen, jeden Abend waren mindestens zwanzig Leute zum Essen da. So etwas hatte ich noch nie gesehen. Kit fühlte sich wie zu Hause, fuhr mit dem Motorboot durch die Bucht zum Schwimmen, spielte jeden Morgen Tennis, freundete sich mit allen einschließlich der Köchin an und überredete Giulia, ihm Italienisch beizubringen. Alle verknallten sich in ihn, *il bel Americano*. Schließlich verbrachte er immer mehr Zeit mit Giulia, während Antonio in Rom war. Es spielte keine Rolle, dass sie doppelt so alt war wie er. Und als ihre Tochter für den Sommer kam, steckte er plötzlich ständig mit ihr zusammen, was Giulia wütend machte. Sie rief Antonio aus Rom zurück, und es kam zu einer schrecklichen Szene. Florence behauptete, das alles sei nur ein schreckliches Missverständnis, aber niemand glaubte ihr. Wir wurden noch am selben Abend rausgeworfen, niemand bot uns an, dass wir wenigstens noch bis zum nächsten Morgen bleiben könnten.«

»Er war mit der Tochter zusammen?«

»Ja.«

Ich dachte darüber nach. »Na ja, warum nicht? Ein gutaussehender amerikanischer Junge, ein schönes italienisches Mädchen, das ist ein ziemlich klares Rezept für intrigante Machenschaften.«

Hugo blickte auf. »Sie war zwölf. Ich will damit nur sagen, er ist ein Zerstörer.« Er sah mich unvermittelt an. »Er will sehen, womit er durchkommt. Für ihn ist alles ein Spiel.«

Mich fröstelte. »Das klingt, als wäre er für dich ein Psychopath.«

Hugo zuckte die Schultern. »Er ist ein emotionales schwarzes Loch. Er saugt den Menschen das Licht aus.«

Einen Moment lang war mir irgendwie schwindelig. Ich wollte sagen: *Ja, klingt natürlich schlimm, was letzten Sommer war, aber war das nicht etwas anderes?* Für mich fühlte sich alles so real an, die ganze Welt, die Kit Godden schuf. Aber wenn ich es so betrachtete, wurde selbst mir klar, wie groß die Illusion geworden war. Rauch und Spiegel. Ein Puppenspieler, der die Fäden zog. Und wir tanzten.

Ohne genau zu wissen, warum, beugte ich mich vor und küsste Hugo, und er küsste mich zurück, beide benommen vor Schock und Trauer und Sehnsucht. Ich zitterte so sehr, dass ich kaum stehen konnte.

Ich trat einen Schritt zurück. »Hugo?«

Eigentlich war es keine Frage, und er antwortete auch nicht. Dann erzählte ich ihm, was ich gesehen hatte. Nicht unbedingt gesehen, aber gehört. Ich erzählte ihm, was sich meiner Meinung nach abspielte, was sich allem Anschein nach abspielte.

Hugo sah mich an und nickte. Ein kurzes, unglückliches Nicken. »Das mit Mal wusste ich nicht«, sagte er. Tränen standen ihm in den Augen.

»Vielleicht täusche ich mich ja.« Ich hoffte so sehr, mich zu täuschen, dass ich mir einen Augenblick lang sicher war, er würde sagen: *Natürlich täuschst du dich, sei nicht albern*, und alles wäre vorbei.

Doch er sagte nur: »O Gott«, und sah aus, als wäre ihm übel.

Wir standen ziemlich lange ganz still da.

»Tut mir leid«, sagte ich. »Ich muss los.«

Ich schleppte mich nach Hause. *Lass dir nichts anmerken*, dachte ich. *Verhalte dich normal.*

Das Drama stand noch bevor. Trotz meines dringenden Wunsches, der Vorhang möge vor dem Sommer fallen, wollte er nicht enden. Noch eine Woche. Eine Hochzeit und das Tennisspiel standen noch bevor.

Der Samstag kam und damit das Halbfinale. Die Atmosphäre am Strand war unerträglich. Aber das Leben ging weiter, und jeder tat, als ginge es ihm gut.

Hope spielte gegen Mattie und gewann. Danach umarmten sie sich und schworen, dass irgendwann ihre Töchter bei diesem Turnier gegeneinander antreten würden.

Blieb nur noch Kit, der gegen Hugo spielte. Hope würde gegen den Gewinner antreten.

Mir war klar, dass sich Hugo nicht in einer Million Jahren freiwillig in diese Lage gebracht hätte. Im Grunde lief die ganze Mission seines Lebens darauf hinaus, Kit zu meiden. Mit einem Mal wurde mir bewusst, dass ich die beiden noch nie ein Wort miteinander hatte wechseln sehen. Ich zermarterte mir den Kopf. Nein, nicht ein einziges Mal. War das überhaupt möglich? Wie konnte mir das bisher entgangen sein?

Meine Familie, meine arme verblendete Familie,

scharte sich in zwei getrennten Gruppen um die Jungs: Hope, Alex, Mum und ich um Hugo; Mattie, Tamsin, Mal und Dad feuerten Kit an. Und in dem Moment musste ich an den Kormoran denken, den Vogel, der wahrscheinlich unseretwegen einen Herzinfarkt erlitten hatte, und Mals Warnung am Anfang des Sommers, ihn nicht zu sehr zu bedrängen. Ich betrachtete Kit, die gebräunte Haut und das glänzende Haar, doch in seinem Mund sah ich nur einen Schnabel. Die goldgesprenkelten Augen wirkten klein, knopfartig und rot. Statt definierter Muskeln und langer Beine sah ich die zerfledderten schwarzen Flügel des Kormorans, die dunkle flatternde Seele. Ich blinzelte, und der Vogel verschwand.

Kit warf den Zuschauern Kusshände zu, während Hugo auf seinen Schläger starrte und an den Saiten zupfte. Es war Tradition, zwei verschiedene Teams zu bilden, doch in diesem Jahr standen wir auf gegenüberliegenden Seiten des Platzes, die Kit-Mannschaft munter skandierend, Hugos Clique still. Alex wirkte besorgt. Vielleicht hatte er durch die Beschäftigung mit Fledermäusen die Fähigkeit erlangt, böse Omen zu hören. Ich legte meine Hand auf seine Schulter.

»Ist schon gut«, sagte ich zu ihm. »Wir werden gewinnen.«

»Das sollten wir verdammt nochmal auch«, sagte Hope, und ich warf ihr einen Blick zu, aber sie starrte mit zusammengepressten Lippen geradeaus.

Die Spieler gingen ans Netz und schlugen kurz die Schläger aneinander. Kit warf eine Münze, Hugo durfte wählen. Kopf. Es war Zahl. Kit durfte aufschlagen.

Ich war so angespannt, dass ich kaum atmete.

Kits Aufschlag war ganz gut, aber Hugo machte sich nicht mal die Mühe, ihn anzunehmen. Er blieb einfach stehen und schaute dem Ball nach, dass ich schon Angst bekam, er würde einfach hinschmeißen. Oder noch schlimmer, er würde sich von seinem Bruder einschüchtern lassen und die Nerven verlieren.

Den zweiten Aufschlag parierte er, aber ohne großen Druck, eine Einladung zum Volley, ein schöner weicher Ball mitten ins Feld, direkt auf Kits Vorhand. Den Rest von Kits Aufschlagspiel spielte Hugo unbeteiligt, wie mit angezogener Handbremse, seine Returns waren so harmlos und ungefährlich, als spielte er mit Alex, er ließ sich von Kit die Bälle um die Ohren hauen. Die Slicebälle ließ er einfach passieren, er rannte keinem langen Ball hinterher und ging keinem Stoppball nach. 30:0. 40:0. Spiel Kit.

Kits Fanblock drehte durch, und er warf die Arme in die Luft und führte einen kleinen Siegestanz auf. Hugo stand ausdruckslos in der Platzmitte. Mir fiel ein, dass die beiden bisher noch nie gegeneinander gespielt hatten. Verschiedene Schulen und der Wunsch, die Gesellschaft des anderen zu meiden – Kit mochte am Anfang unsicher gewesen sein, doch das bezweifelte ich. Hugo kam in seinen Plänen nicht vor. Und im Augenblick war er ganz bestimmt nicht unsicher.

Jetzt schlug Hugo auf. Mit einer fast trägen Bewegung warf er den Ball in die Höhe, zog seinen langen Körper zusammen und streckte ihn wieder, wie ich es bei unserem Spiel bewundert hatte, und dann ließ er den straff gereckten Arm vorpreschen, ein Aufschlag wie ein Blitz. Mit verblüfftem Gesichtsausdruck bekam Kit gerade noch den Schläger an den Ball, worauf Hugo ihm einen tödlichen Sliceball über den Platz schickte. Kit rannte hin und bekam ihn mit einem dumpfen Schlag gerade noch übers Netz, da feuerte ihn Hugo schon wieder in die andere Ecke. Hugo bewegte sich kaum; seine Volleys waren sauber und messerscharf, seine Miene ungerührt. Es sah aus, als schwebte er auf den Fußballen. So gingen die Ballwechsel weiter; während Kit schwitzend den Bällen hinterherrannte, strengte sich Hugo kaum an. So etwas hatte ich noch nie gesehen. Hugo war klüger, schneller, präziser. Nicht eine überflüssige Bewegung, kein falscher Schritt. Er spielte wie ein Zenmeister.

Der Rest des Satzes war eine Machtdemonstration. Hugo schien immer weniger zu machen. Ohne außer Atem zu geraten, zu stöhnen oder zu rennen, servierte er seine tödlichen Aufschläge und gewann unbarmherzig und mitleidlos jeden einzelnen Punkt.

Spiel Hugo.

Spiel Hugo.

Spiel Hugo.

Kit setzte sich lachend darüber hinweg, wurde aber immer wütender und müder, klatschte die Bälle nur noch übers Netz und wirkte irgendwann völlig entnervt. Im letzten Spiel, in dem Hugo aufschlug, entspann sich ein nicht mehr enden wollender Ballwechsel. Hugo entgegnete jede Parade mit einem schlichten Schlag, den selbst ein ausgelaugter, deklassierter Spieler gerade noch erreichen konnte.

Und so durchpflügte Kit keuchend und schwitzend den Platz und versuchte, seinem Bruder die Bälle entgegenzufeuern, nur um sie mit mechanischer Präzision zurückzukriegen, als ploppten sie aus einer Ballmaschine, wobei sie immer genau dort landeten, wo er am schwersten rankam, aber nie so weit, dass er einfach hätte stehen bleiben können.

Es war purer Hass unter dem Deckmantel des Sports.

Am Ende des Satzes stand Hugo still in der Mitte des Felds, während Kit mit den Händen auf den Knien keuchte und stinkwütend war. Wir jubelten.

Der zweite Satz war noch schlimmer – oder besser. Hugo demütigte Kit, hetzte ihn von einer Ecke in die andere, brachte ihn aus dem Gleichgewicht, zerstörte sein Selbstbewusstsein. Bald verschlug Kit auch leichtere Bälle und stolperte über die eigenen Füße. Einmal warf er in wilder Wut den Schläger zu Boden. Hugo beachtete ihn gar nicht und spielte weiter wie ein Roboter. Nicht ein einziges Mal sah er seinem Bruder in die Augen, erst vor dem Matchball nahm er sich einen kurzen Moment und schaute über den Platz zu Kit, ehe er den Ball bedächtig und quälend langsam hochwarf und ihm einen letzten Kuss gab. Sein Bruder hatte keine Chance der

Welt, ihn zu erreichen. Mit einem merkwürdigen Gesichtsausdruck sah Kit zu, wie der Ball an ihm vorbeipfiff.

Hope, Alex und ich sprangen auf, umarmten uns und rannten auf den Platz, wo wir Hugo jubelnd umarmten und er uns mit einem leisen Lächeln belohnte. Er schwitzte. Und dann beobachteten wir, wie Kit hinter Hugos Rücken zu einer Entscheidung kam und beschloss, dass es nur eine Möglichkeit gab, die Kontrolle wiederzuerlangen: Er näherte sich entspannt dem Netz und streckte die Hand aus.

Hugo schaute kurz auf die Hand, dann sehr lange zu Kit, die schwarzen Pupillen erweitert. Dann drehte er sich auf dem Absatz um und marschierte vom Platz.

Es war einer der schönsten Momente meines Lebens. Und in fünfzig Jahren wird es immer noch einer der schönsten Momente meines Lebens sein.

# 26

Mum und Hope waren bei uns in der Küche, und seltsamerweise weinte Mum, während Hope sie umarmte.

»Ist schon gut, schon gut«, sagte Hope.

Sollte es nicht eigentlich umgekehrt sein? Ich ging auf Zehenspitzen hinaus, bevor eine der beiden mich bemerkte.

Alex lauerte mir an der Küchentür auf und sah kreidebleich aus. »Die Hochzeit ist abgeblasen«, sagte er und rechnete offenbar damit, dass ich sagte: *O mein Gott! Warum?* Was ich nicht tat.

»Ich weiß«, sagte ich nur, und Alex schaute mich böse an.

»Nein, tust du nicht«, sagte er. »Bis jetzt wusste es niemand.«

Ich nickte ihm zu, und als ich weiterging, hörte ich ihn telefonieren und wusste, es war Dad, den er auf dem Weg zur Post abgefangen hatte. Ich ging in die Küche zurück, und diesmal sah mich Hope und sagte mit müdem Blick: »Du solltest dich besser hinsetzen.«

Ich setzte mich, und sie erzählte mir, dass Mal zu ihr gekommen war und ihr eröffnet hatte, er könne das Ganze nicht durchziehen, was in Ordnung war, aber das sei noch nicht alles. Er war in jemand anderen verliebt.

Hope strich sich das Haar aus dem Gesicht. Sie sah mich an und runzelte die Stirn.

»Du hast es gewusst?«

Ich antwortete nicht.

»Weiß Mattie Bescheid?« Ich hatte über Mattie nachgedacht und war zu dem Schluss gelangt, dass sie eigentlich gut weggekommen war, aber sie würde es natürlich nicht so sehen. Mattie und der Großteil der menschlichen Spezies würden die Ereignisse schlicht und einfach als Verrat empfinden. Ich bezweifelte sogar, dass sie überhaupt einen Gedanken an Hope verschwendete. Doch in dieser Hinsicht täuschte ich mich.

In dem Moment kam Mattie in die Küche und ging direkt auf Hope zu, umarmte sie und sagte: »Er ist ein Scheißkerl, Hope. Und Mal ist verblendet. So wie ich.« Dann trat sie einen Schritt zurück, sah Hope ernst an und sagte: »Eigentlich tut er mir richtig leid.«

Tja, was soll man sagen, doch in dem Moment kamen mir die Tränen, weil mir buchstäblich zum ersten Mal klar wurde, wie sehr ich meine Schwester unterschätzt hatte. Es war das eleganteste Urteil über das ganze erbärmliche Ereignis, und selbst ein Blinder konnte sehen, wie gerührt Hope davon war. Mum umarmte Mattie nicht. Aber sie beobachtete die Szene mit einer Art wütendem Stolz.

Hope erzählte uns, dass Mal nach London zu einem Freund gefahren war. Gomez hatte er vorläufig zurückgelassen.

»Ich habe ihn gebeten zu gehen«, sagte sie. Ich fragte mich, wie sie es aushielt, Gomez bei sich zu haben, Mals unerwünschtes Kind.

Noch am selben Abend riefen wir Florence an, und sie schickte einen Wagen, um die Jungs abzuholen. Der Wagen kam so schnell, dass ich mich fragte, ob sie wohl immer einen für solche Notfälle in Bereitschaft hielt. Später erfuhr ich, dass sie Hope in einer kurzen Nachricht mitteilte, es täte ihr schrecklich leid, aber sie schaffe es nicht zur Hochzeit. Ich schätze, niemand machte sich die Mühe zu fragen: *Welche Hochzeit?*

Und noch etwas. All die Tränen und all das Un-
glück der Menschen, die ich liebte, bedeuteten mir
nicht so viel, wie man vielleicht glauben könnte,
weil ich trotz allem immer wieder an Hugo dachte,
einen schmalen Lichtstrahl in der Dunkelheit.

# 27

Zurück in meinem Turm sah ich, wie Hope zum Strand ging. Normalerweise hatte ich keine großen Skrupel herumzuspionieren, aber sie weinen zu sehen, fühlte sich falsch an, und ich wandte den Blick ab.

Ich liebte Hope, und ich liebte Mal, und ich hoffte, Mal wusste, was er tat, auch wenn ich befürchtete, dass es nicht so war.

Als der Wagen ankam, verdrückte sich Hugo, und Mum erwies sich als Heldin, denn sie sagte, er müsse nicht gleich abreisen und könne bei uns bleiben, bis sich der Staub gelegt hatte. Niemand sah Kit weggehen.

Tamsin war im Reitstall, sie erfuhr die Neuigkeiten also erst beim Abendessen. Am Anfang schien sie es kaum zu begreifen, was mich ein für alle Mal davon überzeugte, dass für sie die reale Welt – die Welt ohne Pferde – nur eine Art Schattenland war.

»Warum macht er so was?«, fragte sie schließlich, und niemand wusste genau, von welchem *er* sie sprach, obwohl es eigentlich auch egal war. So oder so gab es darauf keine Antwort.

Im Laufe der folgenden Tage verbrachten Hugo und ich die meiste Zeit zusammen. Alex erschien oft, ungewöhnlich still, packte Hugos Arm und wollte nicht loslassen. Hugo schien es nicht zu stören, von Alex angefasst zu werden.

Hope brauchte zwei Tage, um jeden auf der Gästeliste zu kontaktieren, die Caterer zu stornieren und das Haus zu verschließen. Dann nahm sie Gomez und ging, nachdem sie nur mit Mum und Dad gesprochen hatte, die uns erzählten, es täte ihr leid, sich nicht persönlich vom Rest von uns zu verabschieden, und sie lasse uns alle grüßen. Das Hochzeitskleid nahm sie nicht mit. Als ich Mum fragte, was sie damit vorhatte, schaute sie mich überrascht an. Wahrscheinlich hatte sie noch keine Zeit gehabt, darüber nachzudenken.

Das Haus vibrierte vor Schock, und alle gingen auf Zehenspitzen umher, als wäre jemand gestorben. Mum schien noch schlimmer getroffen zu sein als Hope, denn sie brach immer wieder wegen Kleinigkeiten in Tränen aus. Was Mattie betraf, erhob sie sich wie ein Phönix aus der Asche ihrer glorreichen Liebesaffäre.

»Er hat mich weitaus mehr unglücklich gemacht als glücklich«, sagte sie. »Ich war wie besessen.«

Ich wusste, was sie meinte.

Wegen Hugo sprachen wir nicht offen über die Angelegenheit; wir wollten nicht, dass er litt. Die Familie hatte ihre Meinung geändert, und alle plagte ein ziemlich schlechtes Gewissen, weil sie sich so lange in beiden Brüdern getäuscht hatten.

Schließlich schnitt Hugo das Thema am nächsten Tag beim Abendessen an.

»Es tut mir leid«, setzte er fast förmlich an. »Ich entschuldige mich für das Verhalten meines Bruders. Und ich entschuldige mich, dass ich immer noch hier bin und euch daran erinnere. Wir haben alles ruiniert. Euren ganzen Sommer.« Er verstummte. »Und Hopes Leben.«

Mum nahm ihn in den Arm und drückte ihn wie ein Kind. »Es ist nicht deine Schuld«, sagte sie und fügte ernst hinzu: »Hopes Leben ist nicht ruiniert – stellt euch vor, sie hätte einen Schauspieler geheiratet! Sie ist glücklich davongekommen.«

Hugo erduldete die Umarmung eine Weile, bevor er sich löste. »Ich wusste, es würde schrecklich enden, weil es immer so ist, wenn Kit dabei ist. Aber ich konnte es nicht aufhalten.« Seine Miene verdüsterte sich. »Ich wollte es, ich dachte, er würde nur Mattie verletzen …« Er sah Mattie an. »Ich meine nicht *nur*. Es war so wichtig. Ich habe es versucht.« Er warf ihr einen Blick zu, der mich zutiefst berührte; es war ein sehr kummervoller Blick.

»Das hast du«, sagte Mattie und zuckte die Schultern. »Ist schon in Ordnung, Hugo. Ich weiß es zu schätzen, dass du es versucht hast. Aber es geht mir gut. *Was geschehen ist, ist geschehen.*«

Ich dachte: *Das schottische Stück. Was für eine schöne Abwechslung.*

Hugo wirkte erschöpft.

»Wie auch immer«, sagte Tam. »Niemand hätte es vorhersehen können.«

Das hätte nicht weniger wahr sein können. Hugo hatte es vorhergesehen. Er hatte mich mehrmals gewarnt. Und selbst wenn er es nicht getan hätte, hätte ich es wissen müssen und hatte es vielleicht auch gewusst, wenn mir Kits Aufmerksamkeit nicht so geschmeichelt hätte. Ich wollte unbedingt, dass es wahr wäre.

Mum schlug einen Spaziergang vor, wer Lust hätte, solle mitkommen. Mattie stand auf, und die beiden gingen zusammen los. In all dem Chaos bekam sie nicht die Aufmerksamkeit, die ihr eigentlich zustand; nicht nur Hopes Herz war durch den Schmutz gezogen worden. Aber Mattie trug es mit Würde, und wir dachten alle gleichzeitig dasselbe, nämlich dass es Zeit war, sie nicht mehr wie ein Kind zu behandeln.

Mich tröstete natürlich niemand. Weil niemand Bescheid wusste. Außer Hugo, der mir Trost in Form von Freundschaft schenkte. Und gegen alle Wahrscheinlichkeit fühlte ich mich getröstet.

Malcolm war fort. Es war für lange Zeit das letzte Mal, dass einer von uns ihn sah. Er spielte den Hamlet, aber die Kritiken waren nicht freundlich.

Wir gingen nicht in die Vorstellung.

# 28

Hugo wollte nicht nach L.A. zurückkehren. Seine Mutter wollte ihn nicht, eine Idee, auf die man ihrem weinenden Protest nach zu urteilen nie gekommen wäre.

»Ich habe nichts dagegen, wenn du hierbleibst«, sagte Mum und meinte damit, dass er für sie zum Kreis der Familie gehörte.

Also blieb er mehr oder weniger. Man durfte ihn nicht hänseln oder fragen, wie er sich fühlte, und statt sich zu zanken und bei jedem Streit Partei zu ergreifen wie der Rest von uns, hielt er sich zurück. Aber er war der aufrichtigste Mensch, der mir je begegnet ist, und jeder Triumpf, den ich darüber empfand, Kits Heimtücke entlarvt zu haben, wurde davon überschattet, dass ich Hugos Wert nicht von Anfang an erkannt hatte.

Mals Affäre mit Kit war nicht von Dauer. Er bekam wieder das Sorgerecht für Gomez, nahm aber zu keinem von uns Kontakt auf. Wahrscheinlich schämte er sich zu sehr.

Im folgenden Sommer hatte Hope das Strandhaus für sich allein. Sie hatte einen neuen Freund, er hieß Tomas, der sie im August besuchte. Er war kein Schauspieler, und wir beschlossen, ihn zumindest so lange zu mögen, wie Hope es tat. Hugo wohnte in unserem Haus. Mattie lernte fast die ganze Zeit. Tamsin mietete wieder Duke. Alex und Dad entdeckten drei Fledermausarten, die sie noch nie am Strand gesehen hatten.

Mum färbte Hopes Hochzeitskleid indigoblau, änderte die Schultern und trug es, wenn sie in die Oper ging.

Und ich zeichnete Bilder, ging schwimmen, war oft mit Hugo zusammen. Wir unterhielten uns über die Kunstakademie und seine möglichen Zukunftspläne.

Wenn mich das Bedürfnis überkam, suchte ich den Strand durch mein Teleskop ab und zeichnete manchmal, was ich sah. An klaren Tagen entdeckte ich in der Ferne Robben, Segelboote, Frachtschiffe, Sturmgewitter mit verästelten Blitzen und senkrechten dunklen Regenstreifen. Ich sah Kormorane, die sich schwarz und zerzaust vor dem Himmel abzeichneten. Und manchmal, wenn ich die Augen schloss, erhaschte ich einen kurzen Blick auf meine Zukunft. Manchmal silberfarben, manchmal dunkel.

Die Zeit würde es zeigen.

# 29

Zwei Jahre später zog ich in ein besetztes Haus im Süden Londons, ohne Heizung, kaum einem Dach und einer rotierenden Besetzung von Freundinnen und Freunden von Freundinnen, von denen einige relativ vernünftig waren. Wir waren vollendete Zweitverwerter und wussten, wie man alles umsonst bekam – Mitfahrgelegenheiten, Möbel, Geräte, Farbe. Wir sahnten die weggeworfenen Reichtümer der besten Londoner Supermärkte ab und aßen wie die Könige.

Ich lernte Autofahren, zu klempnern und einen kostenlosen Atelierplatz zu finden, in dem ich den ganzen Winter fror, als das Gebäude für unbewohnbar erklärt wurde. Wir kauften in Secondhand-Läden und trugen gebrauchte Armeekleidung (wattierte österreichische Militärhosen, einen rumänischen Marinemantel und sowjetische Kunstpelzmütze), weil sie billig und warm waren, und in unserer Freizeit demonstrierten wir gegen die Regierung.

Mein Atelierkollege und ich gingen oft in ein Café um die Ecke, wenn wir unsere Finger nicht mehr spürten; dort saßen wir, tranken Tee und sprachen darüber, seinen Kleinbus herzurichten und den Winter in Spanien zu verbringen, damit wir nicht erfroren. Doch nichts davon war wirklich wichtig, solange wir die Welt als einen Ort empfanden, in dem alles möglich war.

Eines Nachmittags im Januar saß ich im Café und beobachtete, wie frierende Einheimische durch die Straßen eilten, um nach Hause zu kommen, als ein großer, schwermütiger Basset vorbeitrabte, und siehe da, am anderen Ende der Leine war Mal. Ich sprang auf, klopfte ans Fenster, und als er mich sah, leuchtete sein Gesicht wie ein Signalfeuer auf.

Er huschte herein, stampfte mit den Füßen und rieb sich die Hände, und der Besitzer zeigte auf ein Schild mit der Aufschrift *Hunde verboten*, aber wer konnte schon dem machtvollen vorwurfsvollen Blick aus diesen wässrigen braunen Augen widerstehen?

»Gomez!« Ich freute mich sehr, Mal zu sehen, doch da Gomez weniger umstritten war, begrüßte ich ihn zuerst. Und auch wenn er kein Hund war, der zu Freudenausbrüchen neigte, ließ er meinen über sich ergehen.

Ich stand auf, und wir sahen uns lächelnd an. Drei Jahre ist eine lange Zeit, um Groll gegen jemanden zu hegen. Um Hopes willen sprachen wir nie darüber, wie sehr er uns fehlte, aber so war es nun mal. Vielleicht fehlte er ihr ja auch.

Ich bestellte noch einen Tee, und wir setzten uns.

»Du siehst gut aus«, sagte Mal, und ich erwiderte, dass es mir auch gut ging, abgesehen davon, dass ich fror und meine Zukunft noch in den Sternen stand, aber damit war ich wohl nicht allein. Ich erzählte ihm, was ich machte, wo ich wohnte, dass Mattie Medizin studierte und Alex immer noch Fledermäuse jagte. Ich erzählte ihm von Mums letzter Oper und dass die große Segeltour nicht mehr stattfand.

Nach einer peinlichen Pause fragte Mal: »Und wie geht es Hope?«

Hope. Verliere sie nie.

»Gut«, antwortete ich. Sie war nach wie vor mit Tomas zusammen.

Mal schwieg.

»Vermisst du sie?«

Er sah mich an. »Jede Stunde an jedem Tag. Ich

weiß heute noch nicht, was eigentlich passiert ist. Es war, als wäre ich einem Zauber verfallen. Als ich aufwachte, war das Königreich verschwunden.« Mal schüttelte den Kopf.

»Kit Godden ist passiert. Während wir uns jetzt unterhalten, ist er wahrscheinlich wieder unterwegs, um neue Leben zu zerstören.«

Mal hob eine Augenbraue. »Ich schaffe es gerade so, irgendwie weiterzumachen. *Voll Blut, doch stets erhob'n.*«

Ich riet. »Shakespeare?«

»Dz-dz!«, erwiderte er. »William Ernest Henley. Achtzehnhundertneunzig oder um den Dreh, du liegt also nur ein paar Jahrhunderte daneben.« Er räusperte sich. »*Aus finstrer Nacht, die mich umragt / durch Dunkelheit mein' Geist ich quäl. / Ich dank, welch Gott es geben mag, / dass unbezwung'n ist meine Seel.* Blablabla etcetera und so fort, *Des Schicksals Schläg in großer Schar. / Mein Haupt voll Blut, doch stets erhob'n.* Aufwühlendes Zeug.«

»*Des Schicksals Schläg.* Das ist schön.«

»*Schön* ist was anderes.« Ein verächtliches Stirnrunzeln. Der alte Mal.

»Also … ich schätze, du würdest das nicht noch mal machen.«

Er zuckte zusammen. »Was glaubst du wohl?« Dann sah er mich scharf an. »Und du?«

Kluger alter Mal. »Ich vermutlich schon. Ich bin nicht besonders gut im Neinsagen.«

Er lachte. »Wenigstens bist du ehrlich.«

Wir nippten an unserem Tee und dachten beide daran, wie schlafwandelnd wir der gleichen Illusion erlegen waren. Eine beschämende Verbindung.

»Dieser verdammte Junge«, sagte Mal schließlich und schüttelte den Kopf.

»Wirst du irgendwann wieder zum Strand kommen?«

»Ja, klar«, erwiderte er, aber es klang eher wie ein Nein.

»Versprochen?«

»Wie geht es Hugo?«, fragte er, um das Thema zu wechseln.

»Dem geht's bestens.« Es ging ihm tatsächlich gut, und er war immer noch mein bester Freund. »Er lebt jetzt in London.«

»Schön.«

Wir unterhielten uns noch eine Weile über dies und jenes – Mattie, Tam, Theaterstücke, Vorsprechen, die Kunstakademie, Politik –, bis Mal auf die Uhr sah und sagte, er müsse los. Wir standen beide auf, und dann zog er mich fest an sich und ließ erst los, als das Ganze rührselig zu werden drohte. Gomez hievte sich mit dem üblichen Klimpern hoch und schüttelte sich laut.

»Wir sehen uns bald wieder«, sagte Mal.

»Wirklich?«

»Na klar.« Er lächelte und war verschwunden, samt Basset und allem.

Ich spähte noch eine Weile in die Dunkelheit draußen, falls Mal es sich anders überlegte und zurückkam, doch er kam nicht zurück, und so rief ich Mum an und dann Hugo, und ich bin mir ziemlich sicher, dass Mum es Hope erzählte. Vielleicht auch Hugo. Meine zufällige Begegnung mit Mal war eine Neuigkeit.

Ich hörte nie wieder von ihm.

Ein paar Monate später erhielt Hope eine Postkarte von Florence Godden. Sie lebte immer noch in L.A., *viel zu beschäftigt* und *wahnsinnig stolz auf den süßen Kit*, aber wir schenkten uns die Mühe, ihn zu googeln.

## 30

Wenn ich an jenen Sommer zurückdenke, dann immer mit dem Gefühl, etwas Zerbrechliches und Flüchtiges verloren zu haben, etwas, das ich nicht so recht benennen kann. Wir fahren immer noch ans Meer und haben unseren Spaß, aber es ist nicht mehr wie früher.

Hugo sagt, er will seinen Bruder nie wiedersehen. Er sagt: »Wen interessiert schon, was mit diesem Arsch passiert?«

Also, mich nicht.

Wirklich nicht.

Ganz bestimmt nicht.

Aber ich denke immer noch an dieses Gesicht, an diese Hände und eine Stimme, die mir sagt, ich sei besonders.

Und je länger ich darüber nachdenke, umso mehr glaube ich, dass er vielleicht recht hatte.

## Eine Anmerkung zum Sommer

Manche Menschen kehren in ihren Erinnerungen immer wieder in ihre Kindheit, ihre Zeit an der Uni oder ihr erstes Verliebtsein zurück. Meine Mutter wiederum behauptete, sie sei am glücklichsten gewesen, als sie vier Kinder hatte, die unter fünf Jahre alt waren. Und mein Steuerberater sagt, er freue sich das ganze Jahr über auf den April, wenn er die Steuererklärungen für seine Klienten eingereicht hat und sich eine ganze Woche freinehmen kann.

Ich denke immer wieder an den Sommer.

Mein Sommer ist ein wechselnder Ort, der geographisch zwischen einem schäbigen gemieteten Haus auf einer Insel vor Cape Cod und einem kleinen Haus an einem ungeschützten schmalen Strand in East Anglia treibt. An ersterem verbrachte ich die Sommer meiner Kindheit, an letzterem habe ich die letzten fünfzehn Jahre verbracht. In meinen Gedanken (und in meinen Büchern) gehen sie oft ineinander über.

Ich wuchs an der Ostküste Neuenglands auf, wo das Schuljahr in der ersten Septemberwoche begann und Anfang Juni endete. Die Sommerferien dauerten fast zwölf Wochen, was – falls du alt genug bist, um daran erinnert werden zu müssen – für ein Kind eine Ewigkeit ist.

Am letzten Schultag rannten wir aus dem Backsteingebäude und sangen: *No more classrooms, no more books, no more teachers' dirty looks!* Der Sommer dehnte sich so lange und so weit aus, dass wir sein Ende nicht sehen konnten.

In den frühen 1960er Jahren profitierten Kinder von der perfekten Balance zwischen Freiheit und Nachlässigkeit. Wenn wir nicht in der Schule waren, spielten wir. Nach der Schule gab es keine Ballettstunden. Keine ewig langen Hausaufgaben. Wir hatten keine zweisprachigen Kindermädchen und besuchten nach der Schule keine Kurse in Robotik oder Programmierung.

In unserer (überwiegend katholischen) Vorstadtsiedlung gab es genug Kinder, die Kickball, Softball oder Fahnenklau spielten. Doch ab Juli gingen wir ins Sommercamp – zuerst in ein lokales Tagescamp, wo wir mit dem Ernst einer Freiwilligenarmee spielten, und mit zehn oder elf ging es dann ins Übernachtungscamp.

Meine ältere Schwester und ich machten Reiterferien auf einer kleinen, mitten in der Wildnis von Maine gelegenen Farm, die weder trendy noch luxuriös war. Insgesamt acht Mädchen schliefen auf dem Dachboden dieser Farm, bei der, wie so oft in Neuengland, Wohnhaus und Ställe direkt aneinandergebaut waren, damit sich die Farmer in den brutal kalten Wintern beim Füttern der Tiere nicht zu Tode froren.

Ein niedliches Kodacolor-Foto von 1968 zeigt meine Ecke des Dachbodens mit einem ordentlich gemachten Bett und einem Stoffbären auf dem Kopfkissen. Meine beste Freundin – ein selbstbewusstes, lesewütiges Mädchen namens Alicia – sitzt in ein Buch vertieft auf ihrem Bett. (»Es heißt *Alithea*«, erklärte sie. »Die spanische Aussprache kommt daher, weil meine Patentante ein Mitglied der spanischen Königsfamilie ist.« Viele Jahre später gab sie zu, dass das eine Lüge war. Sie hieß und heißt bis heute schlicht Alice.)

Alice bekam einen sehr schönen rundrippigen Schimmelwallach zugewiesen, einen Anglo-Araber namens Ibn; mein Pferd hieß Leica und war eine hübsche braune Stute, die ihren jugendlichen Dampf schon abgelassen hatte. Einen ganzen Monat lang durften wir sie füttern, striegeln, reiten und versorgen: die Erfüllung des Traums eines jeden pferdebegeisterten Mädchens.

Charlie leitete das Camp mit seiner Frau Rosemarie – unsere Ratgeberin, Reitlehrerin, Ersatzmutter und Köchin. Wir vergötterten sie. Jeden Morgen um sechs marschierten wir nacheinander verschlafen in die Scheune. Die Morgen in Maine waren selbst im Hochsommer kalt, und wir konnten unseren Atem sehen, wenn wir die Pferde von der Weide holten. Sie hatten ihr Frühstück schon vor uns bekommen, schaufelweise Hafer und Mais, vermischt mit klebriger Melasse. Um halb acht klopften wir uns den Staub aus den Kleidern und marschierten nacheinander zum Frühstück ins Haus. Ich erinnere mich nicht, dass wir uns allzu oft gewaschen hätten.

Nach dem Frühstück ritten wir stundenlang durch die Gegend, hielten an einem See an, um die Pferde trinken und manchmal schwimmen zu lassen, galoppierten über lange unbefestigte Straßen und sprangen über Holzstämme. Rosemaries Araber-Schimmelhengst tänzelte vor der Gruppe hin und her. Wir ritten über Hügel und auf Waldwegen, wo wir Zweige abbrachen, um sie als Fliegenklatschen zu benutzen. Es gab keine Gatter und wenige gepflasterte Straßen, nur endlos lange stille Ritte durch sonnengesprenkelte Wälder.

Nachmittags brachten wir die Pferde nach draußen und misteten den Stall aus, legten frisches Stroh aus, füllten die Heuraufen und fegten die breiten Holzdielen, bis sie makellos glänzten und von Annette, der fünfzehnjährigen Stallmeisterin, inspiziert werden konnten. Freundschaften mit der Stallmeisterin waren schwierig und von Unterwürfigkeit geprägt.

Einmal in der Woche saßen wir nachmittags auf Bänken in der Sattelkammer, ausgerüstet mit Sattelseife und Tüchern, nahmen unser Zaumzeug und unsere Sättel Stück für Stück auseinander und kratzten Schweiß und altes Wachs ab, während wir uns über die Pferde unterhielten, die uns irgendwann gehören würden. In den Sonnenstrahlen, die schräg in den Hauptgang der Scheune fielen, schwebten winzige Staubkrümel.

Nicht alles war gut. Charlie war jähzornig, und Rosemarie weinte oft. Alice, die später ebenfalls Schriftstellerin wurde, erinnerte mich vor kurzem daran, dass ich zur Belustigung (und zum Trost) ängstlicherer Gäste auf dem Reithof Voodoo-Puppen von Charlie genäht hatte.

Am Ende des Monats kamen unsere Eltern, um uns abzuholen, und wir schluchzten zum Abschied in die Hälse unserer Pferde. Doch zu Hause war der Sommer erst halb vorbei, und wir packten alles in unseren Kombi (zwei Erwachsene, vier Kinder, einen großen, widerspenstigen Airedaleterrier und das Zeug von jedem) und fuhren die eineinhalb Stunden zur Fähre.

Heute ist Martha's Vineyard bekannt als ein Paradies der Reichen, in dem Präsidenten und Ex-Präsidenten gerne feiern und Filmstars legere Kleidung tragen, um sich unters normale Volk zu mischen. Aber als meine Familie 1960 dorthin fuhr, war es eine kaum bekannte und unterbevölkerte Insel, man brauchte noch keine Reservierung für die Fähre (heute buchen die Leute ein Jahr im Voraus), die Lokalzeitung kündigte jeden Freitag die Sommerankömmlinge an, und alle gingen barfuß zum Strand, zum Einkaufen, in die Wachszioherei oder zum Muschelstand. Ich lernte, barfuß Auto zu fahren, und liebe es bis heute.

Es waren herrliche Zeiten. Mein Vater kam nur

an den Wochenenden, und meine Mutter ließ uns tagsüber frei herumlaufen, spielen und schwimmen. Jahrelang mieteten wir ein Holzhaus an einer unbefestigten Straße ungefähr eine Meile von der Stadt entfernt; meine beste Freundin wohnte in der Nähe. Wir holten sie ab und machten uns auf zu Abenteuern: buddelten mit den Füßen im Teich nach Venusmuscheln, sammelten bei Ebbe eimerweise Muscheln, die später im Freien über einem Feuer gedämpft wurden, und angelten am Bootsanleger Tintenfische. Abends gab es Squaredance für Kinder im Gemeindezentrum, wo wir mit unseren Partnern Tanzfiguren hinlegten. Die Belohnung der Woche waren fünf Cent für eine Cola, ein Rootbeer oder Traubensaft aus dem großen altmodischen Coca-Cola-Automaten. Es erforderte rohe Gewalt und beide Hände, um die Flasche aus ihrem Metallkäfig zu ziehen, manchmal auch die Hilfe eines größeren Kindes. Selbst in den 1960ern wirkte dieser Automat lachhaft veraltet.

Damals, als noch niemand Angst vor Fremden hatte, durften wir per Anhalter zum Strand oder in den örtlichen Laden fahren. Keiner machte sich Sorgen über Entführung oder Unfälle, auch wenn in einem Jahr ein Mädchen aus dem Ort ertrank, nachdem es am Stadtstrand vom Floß gesprungen war. Wahrscheinlich lag es nicht am Floß, aber sie holten Kette und Anker ein und entfernten es für immer.

Am South Beach sprangen wir über Wellen, bis unsere Finger blau waren, während unsere Eltern rauchten und Sandwiches aßen, mit ihren Freunden flirteten und uns gänzlich ignorierten. Manchmal liefen wir meilenweit zu zweit oder zu dritt am Wasser entlang, und niemand dachte an Lichtschutzfaktoren oder Melanome.

1967 brachte der ältere Bruder meiner besten Freundin ein Exemplar von *Sgt. Pepper's Lonely Hearts Club Band* in die Ferien mit. Wir fingen gerade riesige grüne Frösche, als er uns ins Haus rief, um die Platte zu hören. In diesem Sommer spielten wir sie zehntausendmal. Wir waren noch keine elf, aber es fühlte sich an wie der Beginn von etwas Wichtigem.

Irgendwann zog ich von zu Hause aus, studierte und fand einen Job in New York. Unterbezahlt und überarbeitet, mietete ich mich ein- oder zweimal auf Long Island in einem Strandhaus ein, in dem sich viele Leute um die zwanzig tummelten. Das Meer war verdächtig braun, und 1988, im Sommer vor meinem Umzug nach London, landeten viele medizinische Abfälle am Strand. Auf dem Höhepunkt der AIDS-Epidemie spülte jede neue Flut Fläschchen mit kontaminiertem Blut und gebrauchte Spritzen auf den Sand. In diesem Jahr gingen wir nicht oft schwimmen.

Die Küste von Suffolk trat in mein Leben, als ein Freund einer Freundin meinem neuen Mann und mir am Mündungsgebiet des Flusses Blyth ein feuchtes Haus überließ. Auf dieser Reise stellte ich fest, dass die Vorfahren der Familien von Cape Cod und Martha's Vineyard immer noch in Suffolk lebten. Die Landschaft und die lokalen Ortsnamen versetzten mich in meine Heimat zurück – Ipswich, Harwich, Chelmsford, Sudbury, Yarmouth. 1602 verließ der Engländer Bartholomew Gosnold das elterliche Gut in der Nähe von Ipswich und segelte über den Atlantik zu der hakenförmigen Halbinsel, die er wegen der im Überfluss vorhandenen Fischvorkommen Cape Cod nannte. Im typischen Kolonialstil besuchte er anschließend eine sieben Meilen vor der Küste gelegene Insel, die von den dort ansässigen Wampanoag-Indianern Noepe genannt wurde, und taufte sie nach seiner verstorbenen kleinen Tochter in Martha's Vineyard um. Alles fügt sich zusammen.

Nostalgie ist ein gefürchteter Zustand des mittleren Alters, aber wenn sie einen erwischt, dann richtig – wie ein Hammer oder vielleicht wie die Liebe. Als ich die Küste von Suffolk zum ersten Mal besuchte, war mir klar, ich war nach Hause gekommen.

Seit jenem Urlaub habe ich einen Großteil meines Lebens an einem Kiesstrand verbracht, der bei meiner amerikanischen Familie missbilligendes Kopfschütteln auslöst. »Wie schade, dass ihr keinen Sand habt«, sagen sie, aber eigentlich liegen sie damit (wie in vielen ähnlichen Dingen) völlig falsch. Sie können mir gestohlen bleiben mit ihrem Sand, der sich in jeder Körperritze niederlässt, auf dem Bett, im Haus, im Auto. Das Schlimmste, was wir an einem Kiesstrand erdulden, sind Taschen voller Steine, die vor jeder Wäsche wieder der freien Natur überbracht werden müssen.

Die Nordsee ist nicht gerade warm, und sie ist auch nicht jedermanns Sache. Mein Mann ist Frühaufsteher und zieht im Frühjahr, wenn das Meer noch eisig ist, um sechs Uhr morgens mit den Hunden zum Schwimmen los. Ihm gefällt, wie belebend und einsam es ist. Ich wache nur langsam auf und ertrage morgens kein eiskaltes Wasser. Bei Einbruch der Dunkelheit jedoch gehe ich an warmen Abenden zum Strand und laufe bis ans Wasser, wo ich mich ausziehe und reingehe.

Erst im Hochsommer erreichen die Luft und das Meer fast gleiche neunzehn Grad, so dass es keinen Temperaturhorizont zwischen ihnen gibt und keinen sichtbaren Horizont zwischen Meer und Himmel. Die beste Zeit, um nachts schwimmen zu gehen und das glitzernde Meer seidig auf der Haut zu spüren. Nichts ist damit vergleichbar – weder sich verlieben, ein Kind zu bekommen oder die Veröffentlichung eines ersten Romans –, es sind die reinsten Glücksmomente, die ich je erlebt habe. Allein mit dem Universum, als einziges Geräusch das Rauschen der Wellen auf dem Kies, am Himmel nur der leuchtende Mond oder ein Stern, der ein hunderttausend Jahre altes Licht ausstrahlt.

In meinen Zwanzigern schwamm ich nachts im Atlantischen Ozean mit einem jungen Mann, von dem ich dachte, ich würde ihn lieben. Damals ging es beim Schwimmen nur um Romantik. Der Sommer stand ganz im Zeichen der Romantik. Alles drehte sich damals um Romantik.

Vierzig Jahre später ist das völlig anders.

Ein paar kurze Wochen lang gibt es keine Termine, keine Zeitpläne, keine Regeln. Man muss nirgendwo hin und nichts tun. In einer herrlichen lichtgetränkten Unendlichkeit driften die Uhren seitwärts, döst der Kalender, und die Welt kommt langsam zum Stillstand. Man hat nur eine Aufgabe – nichts tun.

Wann sonst könnte es so sein, wenn nicht im Sommer?

»Jeden Tag bin ich jemand anders.
Ich bin ich – so viel weiß ich – und zugleich
jemand anders. Das war schon immer so.«

Jeden Morgen wacht A in einem anderen Körper auf, in einem
anderen Leben. Nie weiß er vorher, wer er heute ist. A hat sich
an dieses Leben gewöhnt, und er hat Regeln aufgestellt: Lass
dich niemals zu sehr darauf ein. Falle nicht auf. Hinterlasse keine
Spuren. Doch dann verliebt A sich unsterblich in Rhiannon. Mit
ihr will er sein Leben verbringen, für sie ist er bereit, alles zu
riskieren – aber kann sie jemanden lieben, dessen Schicksal es
ist, jeden Tag ein anderer zu sein?
*Die Geschichte einer ungewöhnlichen ersten großen Liebe – und ein
phantastischer Roman, wie er realistischer nicht sein könnte.*

David Levithan
**Letztendlich sind wir dem
Universum egal**
*Roman*
Aus dem amerikanischen
Englisch von Martina Tichy
416 Seiten, broschiert
978-3-7335-0740-4

Weitere Informationen zum Kinder- und Jugendbuchprogramm
der S. Fischer Verlage finden Sie unter *www.fischerverlage.de*

# Die erste Liebe.
# Das erste Mal.
# Der erste Abschied.

Eine Woche vor dem Schulabschluss erfährt Claude, dass ihre Eltern sich scheiden lassen. Statt mit ihrer besten Freundin auf den Road Trip ihres Lebens zu gehen, zieht sie in den Ferien nun mit ihrer Mutter auf eine abgelegene Insel vor der Küste Georgias. Die Wut ist Claudes Schutzschild gegen jeden, der ihr zu nahekommt. Doch dann begegnet sie Jeremiah Crew. Gemeinsam mit Jeremiah erkundet Claude die exotische Insel und stürzt sich in ein großes Abenteuer. Und gemeinsam mit ihm lernt sie, dass das Ende eines Sommers keine Rolle spielt, wenn das Dazwischen so unsagbar schön ist.

Jennifer Niven
**Für einen Sommer unsterblich**
Aus dem Englischen von
Maren Illinger
400 Seiten, broschiert

Weitere Informationen zum Kinder- und Jugendbuchprogramm der S. Fischer Verlage finden Sie unter *www.fischerverlage.de*